imaginist

想象另一种可能

理
想
国

imaginist

沉默也会歌唱

绿妖－著

广西师范大学出版社
GUANGXI NORMAL UNIVERSITY PRESS

序

了解绿妖 / 韩松落

去年，某电影开拍，在微博上招聘跟组宣传。那部电影筹备的消息已经放出很久，本以为会落空，却终于成真，导演、编剧、演员，都是一时之选，是所谓“梦幻组合”。忍了忍，没忍住，去探问，负责这事的老师坦白相告，拍片条件十分艰苦，怕照顾不周，绿妖已经来问过了，被他劝退。我没再多问，能令绿妖止步，我更别提。

她给我的印象，竟是坚忍。2011 年，朋友组织艺术节，我负责民谣演出部分，大家提出邀请周云蓬，又怕请不到，或者给不起酬劳，我给绿妖打电话，她爽快应允，给了最低的友情价，商议行程，天！实在辗转，从绍兴出发，到上海或杭州，再乘飞机。

他们来了。绿妖穿着小碎花连衣裙，和几年前我第一次见她时一样素净。三天时间里，我陪着他们，看她寸步不离地搀着老周，不断提醒，前面有台阶，三级五级，前面有电杆拉索，向左绕行。吃饭之前，先替老周把餐具布置好。我想起他们的行程，那种辗转，还有琴和效果器的那种庞大沉重，实在觉得，那是金庸小说里才有的人，是金庸才敢写的事。

出门演出前，她突然发来两个小说给我看，一个叫《硬蛹》，另一个叫《少女哪吒》[1]。我告诉她，更喜欢后一篇，那里面有许多迷人的、结实的细节，但编辑或读者，或许更喜欢前一篇，因为那里面有个结实的故事。她告诉我，她也喜欢后一篇，我们喜欢的这一篇，遭到了编辑的严厉批评。在周老师演出前，我们在黄河边谈起这两篇小说，周老师说："《少女哪吒》的不好，是向更高层次进发时的不好，是对'更好'的暂时不适应，但怎么也比低层次的好要好。"说得真好。

说这些好不好呢？我担心自己的诚恳，只是为别人提供了谈资。但我又觉得，那是理解她的必经之路。所以我问她，可以写吗？她说可以写。

她的好，就在这种无处不在的坚忍里吧，那种坚忍，像性格里的一颗原石，不管此后在外面包裹了什么东西，都时时要跳出来发挥作用，在某种时刻硌着自己。原石对坚忍的环境有记忆，即便自己的生活已经得到提升，还是不会耽于安乐，那不属于他们的环境记忆，他们总在寻求重返坚忍现场，更坚忍的写作方法，更坚忍的生活，更坚忍的心灵磨砺。用力，再用力，仿佛不够用力，那只抓在生活表面和心灵深处的爪子就有滑落之虞。

她在时尚业工作过，《北京小兽》和《阑珊纪》里的一些小说，都以这个行业为背景，她完全可以将计就计，把小说写得光滑流丽，给影视改编留个由头，但她照旧用了一种涩而坚忍的方法来写，在她笔下，华服不存在，丽影是幻影，人们都身在曹营心在汉，动辄和自己过不去，时刻被一种大的荒凉笼罩。有位老师看了《北京小兽》，连声叹道："不能这么写，会把人写死。"我起初觉得她是想写得流丽而不能，后来觉得是她不想，最后，我还是觉得是她不能。

这本散文集里的文字，解释了她为什么不能。中原小城里走出的县城青年，进入大城市，即便已经买房定居，即便已经能够"结结巴巴地说上一些场面话了"，但她随身携带的故乡，她血液里的父亲、母亲、"县城的兄弟们"，仍在执拗地发生作用，这不能，那不能。她逃离了故乡，却变成了故乡的流动博物馆。那个故乡本来是沉静悠闲的，但当它和大城市迎头遭遇，在未来的挤压之下，却显得既破败又狞厉，既哀伤又惊悚，那不是它本来的形象，让它呈现出这样一个样貌的，是它的处境。她怀揣着这样一个故乡，这样一段过往，像在收服妖怪的布囊里收了一个挣扎不休的小兽，日夜不能安然。

正是这种不能安然，让她的文字与众不同。微博上曾出现过一个题为《香港电影之红颜乱入》的视频，收集了香港女星在电影中的演出片段，绿妖说："那是还没有全球化的美，各有各的神采，空前绝后。"她也是这样。是她收留的故乡和过往，让她神采奕奕，免于苍白，免于肤浅，让她的小说散文，即便放在文字堆里接受盲评，也不会被错认。

在那种坚忍的、不断向更好企及的写作中，在"一个字一个字地救出自己"的苦炼中，绿妖正在向着萧红、林芙美子那样的作家靠近。日本作家丸山健二曾赞美高仓健，说他是"根据需要做必要动作的男人"，绿妖的文字，也当得起这样的赞美。她有一种省俭，不是美国写作培训班作家的那种省俭，而是怀揣故乡的中国外省青年的省俭，她只根据需要，从字库里拣出必要的文字，以及必要的情绪，只做必要动作。甚至在现实生活里，在亲密的朋友面前，她也有一种常人不备的谨慎，偶然论及他人，仿佛都要下很大的决心，除非不得不提，即便提起，也是三缄其口，极少渲染。她是以一种审慎的态度对待世界，以一种不宽裕的态度对待写作、人生。对啊，一个像小津安二郎那样做豆腐的人，小店小本，经不起无谓的消耗，生怕只是多谈了几句天气，再去点豆腐的时候，都会不够静气。

渐渐意识到，真正的投降，是美学上的投降，真正的腐败，是美学上的腐败。那么多人在反体制，却仍然使用一种体制语文，那么多人宣称用时尚对抗陈腐，却还会对“新的设计师如雨后春笋般出现”这样的文字津津乐道，那么多人自称清俭，却以挥霍的态度面对词语、世态、人情。 所以，我对那些在创作和生活的美学上，保持着某种坚忍、倔强、忤逆，始终不肯过江东的人，怀有敬意。比如绿妖。

也正是这个绿妖，面对北京，写下了这样的段落：

> 谁曾在年轻时到过一座大城，奋身跃入万千生命热望汇成的热气蒸腾，与生活短兵相接，切肤体验它能给予的所有，仿佛做梦，却格外用力、投入。摸过火，浸过烈酒，孤独里泡过热闹中滚过。拆毁有时，被大城之炼丹炉销骨毁形，你摧毁之前封闭孤寂少年，而融入更庞大幻觉之中；建造有时，你从幻觉中寻回自己，犹如岩石上开凿羊道，一刀一刀塑出自己最初轮廓；烈火烹油中来，冰雪浇头里去。在现实的尘土飞扬与喧嚣之中，你迟早会有一瞬，感到自己心中的音乐，与这座城市轻轻共振，如此悠扬，如此明亮。谁的生命曾被如此擦拭，必将终身怀念这段旋律。

堪称挥霍，也许是她最挥霍的一次。许许多多个穿着碎花连衣裙的她，怀揣故乡和过往投奔而来，滋养了这座城，这座城也以它的火热蒸腾，淬炼和成就了她和她们。她和小城、大城之间的关系，那种对抗、接纳、厌倦、吸引，是她此生最大的挥霍，这种关系，在此刻、在未来看来，是多么复杂、矛盾，又是多么美。

1 根据这篇小说改编的同名电影《少女哪吒》，导演李霄峰，监制沈旸，于2013年6月获得第16届上海国际电影节创投单元最具创意项目奖，2014年5月杀青，作为唯一一部大陆电影，入围第19届釜山国际电影节“新浪潮”竞赛单元，并获第51届台湾电影金马奖的最佳新导演和最佳改编剧本两项提名。

目 录

致我县城的兄弟

最初的甜，最初的咸

因为我们又怕又不爱

一代外省青年疯癫史

第一辑

找自己的人

我曾遇到这城市的青春

说到北京，亮起的第一个画面，2001 年 11 月 22 日，小雪。赖声川的《千禧夜，我们说相声》。小雪夜未下雪，但极冷。这是我人生中第一个“现场”，头一回与许多人一块儿，在一封闭空间，笑声朗朗地看一个剧，虽然笑得悲凉。散场后，长安大戏院前的地下通道寒风刺骨，人们低头急行，或眼疾手快地从人群中逮个熟人一起吃饭。我的饭局有程灵素姑娘，编剧史航，还有千里迢迢赶来的海口文学青年二黑。他是我认识的第一个，坐飞机看演出的人。已是熟极的网友，真人相对，竟是陌生。我静静听他们如数家珍，谈“表演工作坊”。这是我头一个北京饭局。

原来，北京是这样的。

那时我刚到北京，房间十平方米，一桌一椅一床一书架而已。据说要拆迁，房间里没安电话，厕所老旧，一副临时气氛。但它有一个白色阳台，以一扇瘦削修长的门与外界相隔，门刷着古雅的棕漆，高处镶玻璃方格，掩着白色布帘。我常在深夜推门，往楼下的马路上看。北京的深夜，路灯还是亮堂堂的，永远不会一片漆黑。这对一个刚到北京的、有着不稳定的神经、不稳定的睡眠、不稳定的情感的年轻人来说，是莫大安慰——你失眠，世界也醒着。黯淡的马路，犹如一幅宽银幕幕布，时有汽车经过，也有醉汉。还曾有人在楼下深夜伫立，但那晚我睡着了，毫不知晓。我是八月份来的，到十月，在一个杂志社工作。而秋季是北京最好的季节，走在街上，迎面吹来淡金色的风，荡开衣襟。光线里仿佛有细细的金沙，干爽明亮。这是别处没有的风。用《日瓦戈医生》中的一段话来形容被这风吹过的感受："整个空间是如此清明透澈，似乎为你打开了洞穿一生的眼界。这种稀薄空寂的感觉，如果不是如此短暂，而且只是在秋季短短的一天的末尾、接近提早到来的傍晚时刻出现的话，那真是难以忍受的。"

之前，我在县城一所变电站上班，上一天，休三天。主要工作是用拖把清洁值班室地板及黑色皮革绝缘垫。时间太充裕了，对于一个县城青年来说，充裕到让人绝望。我拿这么多时间干什么？县城太小，像一件不合身的外套，像紧身衣，捆精神病用的。县城的夜晚，过了十二点，只有我的窗户还亮着灯，视线所及，一片漆黑。这漆黑也让人发疯。

我只是嫌故乡太小，但命运给了我一个巨大的、巨大的城市。

很多人对北京之"大"印象深刻。头一回去航天桥"九头鹰"参加饭局，出租车开啊开啊，始终在水泥高架桥上行驶盘旋，从这个角度看，北京城荒凉，可怕，没有人气，像太空城。开呀开，我睡了一觉还没到。大得让人仓皇。

我给许多时尚杂志写采访，每月写近一万字外稿，能有三千元的稿费，加上三千元工资，这是很大一笔钱。我的房租才三百块。办公室是独栋小洋楼，在东四九条胡同里，深棕色木地板，踩上去，犹如老式风琴的风箱，发出温柔悠长的声音。同事都下班后，我几乎每天写到晚上十点四十五，赶115路电车回家。陪伴我的只有北京的风。冬天，北京会有狂风。它们尖利地溜着电线在空中怒飞，声势之大，仿佛窗外立起一个海洋。我侧耳听一会儿，继续写。这时网上，开始有人直播饭局盛况，都有谁，喝的什么酒。我扫一眼，继续写。有时写到晚上，下雪了。立在窗户前看一会儿，继续写。看门的大伯觉得我很辛苦，比任何人都辛苦，每次都同情地冲我点点头：下班啦？

胡同两侧是青灰色的平房，有月亮的晚上，月亮也是青灰色的。所以没月亮时，我走在青灰色的胡同里，也像是走在月之清辉中。整个平安大道就是一条青灰色的大街，这还是陈希同时代统一刷的颜色，虽然这种整齐划一为美学家诟病，但在那时，这条大街是我的游乐场。再往北，或南，东直门大街有热闹的东方银座，天安门长街有奢华的国贸西单王府井，平安大道夹在中间，是一个落寞的存在。不喝酒的日子，我和朋友一起散步，走上几公里，身边是绵延不绝的青灰色的砖墙。作为背景，它们足够安静。走累了，就坐马路牙子上，继续聊。那时的我们有说不完的话，像要把自己倒出来，剖开了给朋友看。一定是颠倒。在青春期，我活得像中年人；而在二十多岁的那段日子，我现出青春期的种种症状，包括，怀着巨大而盲目的热情，包括，急切想把自己剖开了给朋友看。平安大道是单调的，一直是统一高度的平房，一直是青灰色的两岸，一直是宽阔的街道，还有街道边的路灯。但是，如果你跑起来，路灯就会像海洋，把你托在水面。这是我一个朋友告诉我的。

每天晚上，我坐 115 回家。临近末班的电车，有的是空位，我坐在窗户边，头靠玻璃，风从敞着的窗户灌进来，精疲力竭的身体里，仍然有东西在飞舞。我记得，那路电车的座椅，都刷着浅蓝色的漆。是上世纪工业中常见的淡蓝。同时期工业中常见的绿色也美极，至今淘宝，绿色矿灯长销不衰，那种深绿色配玻璃罩，是一流审美。在 2001 年，这些上世纪的美色仍处处可见。我凝视着黑暗中时隐时现的一个个浅蓝色空位，这就是我要的生活。沮丧、疲倦，然而，自由。

而饭局是我生活中的白色阳台，供我眺望。

2002 年 2 月，张立宪，江湖人称“老六”，ID“见招拆招”，组论坛“饭局通知”，挂在西祠“影视”类下，妄图与影视大版“后窗看电影”一别苗头。为凝聚人气，他疯狂组织饭局，同时在版内连载“记忆碎片”系列，这系列日后成书，名为《闪开，让我歌唱八十年代》，文风诙谐，娴于卖萌。

饭局。我到早了，空荡的包间里，只有一个人等在巨大的圆桌前。抬头，国字脸，酱色面皮，不怒自威。彼时老六是某出版社副总编，多年修为，读书人本色压根遮挡不住。这哪是网上萌物见招拆招，我差点夺门而去。

在日后，我不止一次地发现，网络人格和现实人格，常截然相反。网上攻击性极强，生活中往往绵羊般无辜无害。幽默的段子手，现实里常忧伤仿佛抑郁症患者。《西游记》中，妖怪都有两种形象：人身，以及，被观音一指，现出的原形。那时候，我认识的人也都如妖怪，有至少两种身份，两个名字。日后数年，我不断地验证这ID与真人之间的反差，看到一只只妖怪，卷地一滚，现了原形。

饭局，是大规模的妖怪现形日。

经常去的地方。建国门“罗杰斯”、航天桥西北角“桥头火锅城”、蒋宅口面馆、三里屯青年旅馆楼下酒吧（扎啤五块钱一扎）、太阳宫桥“乡老坎”……它们，都不复存在，关门大吉。2013年一个春夜，在火锅店，我们扳着手指，逐个盘点那些年被我们克死的饭店，“红番茄呢？也不在了。桥头火锅城呢？没了！罗杰斯，整个连锁在北京都消失了……”唯一一个有眼色的人——桑格格终于按捺不住，低声：饭店老板还在旁边呢，听着不好。恍然大悟，急忙收起我们的死亡赋格曲。有时，饭局不得不临时转场，因为来人太多，且大有源源不绝之势。老六一度恐慌，如此无休止扩充，“恐怕以后北平没有饭馆装得下越来越壮大的吃货队伍了”。这支队伍终于在达到四十多人时，晃几晃，惊险地稳定下来。

如今想来，那像是老六的一个诡异的青春期：漫无目的地组织饭局，吃饭喝酒，喝多后，领唱《亚细亚的孤儿》，深夜散场，整条马路都是我们的人，踉踉跄跄的醉步印满长街。几年之后，老六开始做《读库》，深居简出，整日看稿，修炼内力。狂歌烂醉的阶段一去不返。电话里，我对这个严肃的男人，也越来越难叫“老六”，而讷讷地称之以“六哥”。

那也是我的青春期。离开了紧身衣，再也没有人说我是神经病——我的神经质，在北京这所大精神病院里，显得微不足道，特别正常。深呼吸。好像被埋了很久，嘴巴露在地的表层，外面下过一夜细雨，空气是淡绿色。

彼时北京城仿佛都在青春期。离我们不远处，音乐乌托邦“河”酒吧正拉开大幕，歌手和诗人喝五块钱的青岛啤酒混迹一堂，当时在“河”酒吧当酒保兼乐手的张玮玮回忆，那段时间，看什么，眼前都似乎隔着一股热气——就是那种感觉了。2001年，北京房价尚未搭上火箭，“蚁族”“胶囊公寓”尚未出现。二环、三环尚能租到房子。从朝外到呼家楼，有许多四五层小砖楼，通常是上世纪五六十年代建筑，砖是青灰色，一块块堆砌的青灰格子图案是很美的。还有一部分，比如我住的呼家楼那一带，小楼刷成红色，粉笔那样的淡淡的、略带潮湿的一种红。掩在银杏树后，衬着无轨电车五线谱一样的电缆，美得静穆。这粉笔红，和平安大街的月光灰混合，就是我记忆中最初的北京，又激烈，又宁静。

楼下面馆，一碗西红柿鸡蛋面三块钱。夏利车起步价一块二，从单位打到住处，12块。房价？没人关心房价，2003年的贡院六号，每平米四万，老六当新闻贴到版内，大家对这暴发户式房价一通嘲笑。直到2004年，市区也就每平方米五千，2002年，我认识的朋友谁会关心房价呢？大家关心电影还来不及，关心话剧还来不及，谈恋爱还来不及。

老六出过畅销书《大话西游宝典》，也出烂书。饭局，正值他怀疑人生时，“2003年的全国图书订货会在北京国际展览中心召开，俺去那些展厅采风。到处都是‘做’出来的书，挂羊头卖狗肉，扯虎皮做大旗，为婊子树牌坊，拿肉麻当有趣。俺对这个行业的反感和绝望到达了顶点……在接下来的时间里，俺一方面编着老廖的书，以及其他的杂碎，一方面被那种无力挣脱的幻灭感撕扯着，实在找不到解决之道”。

那时很多人都刚到北京。被贾樟柯称为“像上世纪二十年代刚从苏联回来的革命家”的Liar，写影评，出书，创“晃膀子联盟”，组织年轻影评作者，与学院派打笔仗，指点江山，意气风发。2012年，沉寂已久，他以本名李霄峰出了本书，叫《失败者之歌》，我采访他，原来当年他是从比利时休学，瞒着父母跑回北京，学费花完后，跟一个朋友家打地铺。以长贴《等待是一生中最初苍老》蜚声西祠的顾小白，那时还不是著名编剧，而是铁通职工，单位还分他一套小房子。看上去他完全没理由辞职。他只是焦虑。而在当时，我以为只有我的人生千疮百孔，即使在最欢乐的酒局，朦胧四顾时，心里都有个声音高喊：你跟他们不一样！——后来想想，很多人，于此时或许已有抑郁症的伏线。2012年深冬一次饭局，一桌人，有四个得过抑郁症。

而在2002年，我们对此一无所知。犹如一群等待上场的演员，期待着“真正的生活”，坚信“一切价值将被重新评估”，而与身边世界格格不入。当我们来到饭局，犹如进入另一次元。现实世界被稀释，不再那样坚硬。而精神世界，在火锅店缭绕的白烟之间，在中南海点8的青烟之间，凝固成发光的空中楼阁，我几乎忍不住要伸手触碰。我再也没见过那么多夸夸其谈的人，性情比作品更像艺术品。如果有少壮派“晃膀子”的加入，满屋子嗡嗡嗡都是黑泽明费里尼安东尼奥尼。经常谈论的名单：罗大佑、侯德健、崔健、赖声川、孟京辉、刘小枫、克尔凯郭尔、杜拉斯、里尔克、杨德昌、侯孝贤、贾樟柯、岩井俊二、宫崎骏、阿莫多瓦。《巴黎烧了吗》《流放者归来》《光荣与梦想》《伊甸园之门》……谈电影比文学多。

我想是因为DVD。刚到北京时，文艺青年都是到圣地小西天买刻录碟：黄色牛皮纸袋，装一张裸盘。许多大师片不出VCD。但，进入2002年，碟店开始有大量大师作品的DVD！刚看到时，站在货架前，止不住地发抖：这么多的基斯洛夫斯基！这么多的费里尼！这么多以前只在书上看过的名字！我们像饥饿已久的难民，掠过京城碟店，一茬茬地收割。回家看完，聚会就聊。那是一个急剧补课的时代。世界如一匹宽银幕，在眼前缓缓舒展。

那时聚会，还没有人手一部智能手机，滴滴答答发微博。大家出门，要么带书，要么带碟，见面先问：最近看什么了？犹如两只蚂蚁相见，先以触须互碰，一闻而知，对方是否同类。那时候的时钟走得比较慢，时间挥霍不尽，只能大段大段看书。提到一个作家，饭桌那侧总有人应声而起，伸手来握：我也喜欢他——这触须互碰的片刻，如此珍贵，在当年，一个个赶稿崩溃的深夜，提醒我：这一切都是值得的。

其实，虽然自称吃货，所吃饭馆并无奢侈名馆，人均五十的自助餐已算昂贵，因为座中还有学生。饭馆同时要满足如下需求：能容纳四五十人的包间、过十一点不打烊。为找到一家合适的饭局地点，老六曾一下午打掉手机四分之三的电。常常是火锅店，或“九头鸟”之类大众饭馆，若是“罗杰斯”，则包下二楼。而无论在哪里，超过十一点，服务员的脸色都会越来越难看，白色塑料桌布被醉鬼的手蹂躏得满目疮痍。地上啤酒瓶林立，打翻的啤酒带着白沫流出来，沿着地上躺着的兄弟，蜿蜒曲折地画出人形，犹如一场凶杀案的勘探现场。

我开始有了朋友。腥红的、芭蕉、咣咣、天狗……我们交朋友，就是看能否一起喝二锅头。红星二锅头，56度。深绿色玻璃瓶（又是这种绿！），标签是白底大红色块。每一种颜色都饱满，充沛。后来它模仿扁瓶装威士忌，出过款灰色磨砂瓶。拙劣。它不知道自己原先已很美。二锅头的度数像一条拒绝平庸的分割线：要么不喝，要么喝醉。那时，只要有一个人问：谁喝二锅头？应声而起者，于我都格外亲切。犹如一个声明：你们慢慢喝，我们先走一步。烈酒喝醉的，哭和笑都格外投入。喝多，出丑，就消失一段。直到大家与自己都忘掉那次失态，或，有更厉害的，盖过了这次失态。

和网上的飞扬快意不同，Liar、小白、我、芭蕉、公路……现实中都极沉默，话少得令人难堪。这样的人，相聚一堂，也如独处囚室。我们心怀热情，却像密码不对无法接头的情报员。一个个沉默密封的啤酒瓶，渴望能来一把起子。而酒能帮助越狱，打破孤绝，触到隔壁伸来的另一只手。狂呼烂醉，大概只求这白驹过隙的片刻，我知道你的存在。我知道你的迷惘。

交谈常在酒醉之后开始，在理智模糊的边缘，那是一种超出理性分析判断的友情，我们用所有直觉与潜意识对话、交谈、分辨忠奸。倘若你曾跟人，痛痛快快地醉过一场，那样交上的朋友，总有一种格外的亲昵。

时常已经无话可说，却都不愿散去。门外就是黑夜，人群自有温度。一次酒后，乃哥指挥大家唱罗大佑的《无言的表示》，“风雨中人们，一样的孤单，奔向那无尽的沉默夜晚”，一帮男女认真地、大声地、颠三倒四一遍遍地唱这首歌，那情形，又凄怆，又滑稽。醉后合唱的经典曲目还有《海阔天空》。如果，老六开始眼泛桃花，动情地自抚酥胸，继而，伸出兰花指，那么多半可以期待接下来的罗大佑，《亚细亚的孤儿》《告别的年代》《恋曲 1980》《恋曲 1990》……罗大佑的歌天然适合在这样的场合合唱，他的音乐里总有一种行军节奏感，音节铿锵，慷慨激昂。

常喝的酒依次为：普京（普通燕京）、扎啤、二锅头、桂花陈、螺丝刀。姑娘们普遍选二锅头，很大一部分原因是：啤酒让人发胖。并且，啤酒喝到醉，需要川流不息地上厕所上厕所上厕所。从走廊到厕所，有人拥抱，有人在哭，有人在吐，有人打另一个人耳光，偶尔有人埋伏着要拥抱你，或被你打耳光。危机四伏。不如喝二锅头，四两，就能让你醉得如愿以偿。更重要的是：它便宜。席上，我和腥红的喜欢点小支装二锅头，简称“小二”，大瓶虽划算，但“小二”，深绿色小扁瓶更具流线美。同时，一支小二一支小二地喝，有节奏感。音乐和喝酒，节奏感都很重要。但喝空两支之后，又无所谓节奏感了。

二锅头好喝吗？难喝。像沙尘暴。但这和北京的粗粝是一个气味，一个体系的。难以想象，在上海的饭馆，会有人喝得躺到桌子底下去。但在北京，这是可以的。这种不体面，只能发生在铺着白色塑料桌布的廉价饭馆，以及喝了五块钱的二锅头之后。当一个城市，件件事都有了统一的风格，就会呈现某种美感，哪怕这风格是由丑陋的元素组成。而究其根本，青春与生命力的绽放，本身就是有力的，哪怕是垃圾堆上的绽放，哪怕是废墟里的青春。这种力量难分好坏、美丑——它只是来了，带着生命力本然的动人，感人至深。

有人酒后磕破脸，有人摔破下巴，鲜血直流。我的裙子挂栏杆上剐破。咣咣抱着老六在他家的厕所地板打滚。还有两个姑娘拥抱着滚在雪地里，大声说：你是我一辈子的朋友！

那种喝法，就像没有明天。

只有非常非常年轻时，人们才能那么用力地，去喝酒、交朋友、打人耳光，往人脸上泼酒，才能如此猛烈地摧残自己。青春期的人，动作总是变形的，每一样感情的流露都放大了一百倍，爱和恨，孤独与喜悦，都是。

酒上的日子，几位酒神于云端发光。

咣咣。二锅头党，饭局监酒。2013年火锅店的春夜，他说起一次喝多，他与老六同去厕所，心情激荡，但觉一切都很美好，遂拥抱。觉拥抱尚不足表达，就亲了老六一口。大家笑得东倒西歪，什么时候的事？咣咣讪讪地：就过年前。啊难道这么多年之后，咣咣依然如故？

一大半醉酒记忆都与他有关。他的破捷达，曾在北京上演各种惊险：百米逆行、撞电线杆、挡泥板被生生刮掉……那时对醉驾还没概念，但人有求生本能，一般酒后并不开车。最可怕的是他喝得大醉，固执起来非要开车，其他醉鬼如一群小鸟，欢乐地争先恐后地挤上来，就因为他车上放的音乐更好！一个醉汉拉着一群醉汉，在深夜的北京疾驶。如今想来，那犹如一个死亡邀请。死神的天鹅绒华丽黑披风，湿淋淋紧裹着我们。

有次跟史航聊天，他说，咣咣是这种人——如果你中奖得五百万，可能有人会嫉妒，可是咣咣中奖大家就都服气。是的。大家服气，因为他会把这五百万都用来请喝酒，最后算算还倒贴点。他对待钱、地位、面子、生死，总一派随随便便，不黏滞的清洁。咣咣做过开颅手术，手术完用他老婆手机群发短信，告诉大家他手术失败不治身亡。发现这是个玩笑时，狂怒的老六几乎没把他宰了。

2013年春夜，散场时正逢北京降温，狂冷，众人急急找出租车的空当儿，咣咣与格格拥抱并互把对方抱起，小孩儿玩摔跤般，隔老远听到咚一声。七手八脚揪起格格，头上已鼓起大包。那一瞬，昔日重来，十年前的大饭局，要没这么个结尾简直不算完。

听说，摔了格格，咣咣在出租车里哭一路。在KTV，当瑜老板唱起歌，我挽起格格的手做人浪翻滚，咣咣起身加入我们。我没有遇到第二个男人像他那样，从不怕丢失男性宝贵的颜面，所有这些柔媚动情在他都是自然而然。

咣咣喝酒，有“死便埋我”的痛快，在他心里，只有审美与喝酒是正经事。咣咣是魏晋中人。

腥红的。我在饭局最早交到的朋友。我以为我喝酒就够拼命，她比我还拼。一次酒局结束，外面瓢泼大雨。朋友去开车，我和腥红的笑着，而仰着脸，在雨中跳起舞来。跳着跳着腥红的失去踪影，我们找了几条街，最后发现她倒在她家楼下，水泥地上，睡了。一度她信佛。后来又成为一名基督徒。她去广州、上海分别生活几年，最后又回到北京。但当年那个腥红的已不复存在。贯穿这一切动荡的是，她一直写作。

她小说中有一段北京和年轻姑娘的关系，是我看到过最好的一段，写北京的文字："在北京，一朵花就是在一夜之间横空出世，啪地照亮整片夜空。没有来路，也没有去路，她要么是一朵跳出光线的花儿，成为光本身，要么什么都不是……北京和那些花儿的关系是有些特别的。只有在这些花儿面前，北京有特别卑躬屈膝，特别迁就的一面。是什么？有什么是它没有，所以要向她们得来的呢？……它唯一缺乏的是气味……没有这些花儿连续地、日夜地开放，这座城市将痛苦地面临自己真实的衰老和死亡。"

芭蕉。曾有几条好汉与她拼酒，最后好汉倒下，她无恙。她喜欢约在三里屯青年旅馆一楼，后来，她和兔子在劲松的住处成为酒鬼们的"欢乐家园"，座中客常满，冰箱酒不空。家中常备一条大红色睡袋，供醉汉使用。我也几次留宿。她并非沙龙女主人，她不艳丽、风情、长袖善舞。她连话都懒得说。她不应酬谁，所以，在她身边，就舒展，自由。所谓"林下风度"，大概就是这样。她和咣咣很像，在对许多事的不黏滞上。但咣咣说，芭蕉其实非常冷血。是的，相比咣咣酒后动辄热泪盈眶，芭蕉无情得多。她不欺人，也不自欺，她有多少热度，就展现多少。犹如冰层下流水，看似冰冷，探手进去却有微温。

芭蕉是平静的亡命之徒。

兔子。小圆脸，成都女子，皮肤极好。那两年，她仿佛饭局的盆景。一推门，就看见她盘坐桌上，在一堆盘碗碟盏之间，缓缓起势，把双腿放到自己肩头。或者站在地上，把腿搁在别人肩膀上。她的脚神出鬼没，出现在种种匪夷所思之处。比她的脚更匪夷所思的是她的直接。她的那种直接，会被不敏锐的人误认为放纵，只有很深的世故，才能看出她的单纯。

当年这些酒中仙，如今只有咣咣一人，仍徜徉酒海。我有时会诧异，所有人都变了，他何以不变。继而想，所谓“智极成圣，情极成佛”，他之纯粹，接近得道。

还要写一个人，虽然她不喝酒。1995 年时，我最喜欢的一份报纸叫《音乐生活报》，投稿，写黄舒骏，发表。足足快乐了一个月。十几年后，认识当年报纸的编辑，重返 61 号公路。她在一个荒诞的年代，仍不合时宜地保存着哥特气质。她之哥特，不是穿鼻钉化浓妆，而是骨子里的狂狷。杨葵看《寻找小糖人》，说看罗德里格斯想到她，因为那“半屌半羞涩的表情”。准确。她永远穿黑衣服，抽中南海，微笑看醉汉玩闹。公路不太喝酒，对我们这群醉汉，却有舍命陪君子的气概——她是少有可用“气概”形容的女子。公路不喝酒，但比醉汉还疯狂。她近视，不戴眼镜，高速公路敢超过两百迈。去京郊爬山，盘山路极窄，她眯着眼把车开得虎虎生风，每一次对面来车，都惊险万分。和芭蕉的亡命不同，公路是玩命。

这么多年，公路，也没变。只比当年更瘦削。仍穿黑裙子，抽中南海。眯着近视眼半蔑视半含笑地看着世界。她也是我认识的少有的知行合一者。她之原则，如上阵带兵，无形在她与别人之间划出边界。这条线划得凛然，也杜绝人生种种情感变得雾数。在这个女人身上，我看到古龙说的“风骨”。

还有那些北京的过客，一次次犹如流星闪过。每个外地网友到来的日子，也必定是饭局之夜。在广州的桑格格说，那时下飞机，都是直接投奔饭局。想到北京有这样一群人，就觉踏实；欢送土摩托赴美饭局，在“九头鸟”一间地下室，推开门，看到四十多头吃货，蔡一玛说：那是她第一次参加饭局。惊恐地看着眼前，她懂得了什么是江湖。

是的。江湖。那是饭局的另一面，更复杂更无以言说。对于新人，它就是一个江湖。我该怎么描述一个新人在其中感受的一切？自卑、失落、惊恐、仓皇、焦虑……就像成长从你身上揭掉一层皮，鲜红的嫩肉和密密麻麻的神经丛都裸露在外，一螫一跳。我的每一次喝醉也是壮胆，笨拙的演员只有喝醉才敢上场。散场后，在深夜，一个人长路迢迢回住处，呕吐，刷洗被吐脏的地板和鞋。这独处的空白像对之前盛宴的消解和清洗。在一次次饭局和一个人的空白之间，时间过去，新的皮肤长出来，我开始能看懂更新的人，他们第一次落座时的眼神，也有仓皇，也有欣喜。

庆幸我遇到的是这样的江湖，这样的论坛。是啊，光是我遇到论坛的黄金时代，已经值得庆幸。和“每个人都是一座岛”式的博客、碎片化的微博比，论坛时代，更像一个众声喧哗的班级，它就是用来亮活的。

那也是我写作最不费力的时候。第一本书《我们的主题曲》，许多文字写于那时。不用构思，像被一股热气推着走，一气呵成。想要绽放的欲望压倒一切，就像迫不及待要在他们面前展示酒量（为此我曾一口气干掉一杯扎啤）。不只是我，而是，几乎所有人都陷入一种迷狂的写作状态，老六的《闪开，让我歌唱八十年代》写于那时，芭蕉为长篇小说《天使记》的修改而频频约人喝酒。那时的人，看完一个话剧，晚上就抛出一个上万字的帖子，第二天我们拜读毕，动辄就回几千字……虚荣也好，绽放也好，我再也没遇到过那么多写得好的，聚在一起，几乎是迫不及待地交流、迫不及待地拼文字。那种迫不及待里，有一种仓皇，仿佛一个短命天才，预知自己时日无多，爆发式地写作。果然，进入博客时代，他们消失一批。微博又不见一批。

我怀念那个短暂的绽放，好像八十年代的文学热一条长长伏线，隐埋身世，在新世纪头一个十年登场亮相，事了拂衣去，飒沓如流星。

转入 2003 年，迎面非典。大街上空空荡荡。我们仍然喝酒，爬山，路上有人发烧，全体人员都视死如归。非典之后，时钟突然拨快。街上行人变得匆忙。房价起飞。夏利取消。有一度，聚会时空气里嗡嗡震动的不再是黑泽明七武士，而是房子啊房子。最初，饭局上谈论房子，还会被鄙视。到 2006 年，房价飙过两万，大家如梦初醒，房子的嗡嗡声再也压不住——现实，以排山倒海之力，长驱直入。一碗面条要十五块的时候，你是无法坐而谈论小津安二郎了。旧建筑越拆越多，新建筑里没有我们的一席之地。北京犹如一个气球，被无限地吹大，我们是气球上的图案，随着它的急剧膨胀，脚不沾地飞向四环、五环、管庄、通州、燕郊、香河、天通苑、回龙观，“所有星云都在彼此互相远离，而且离得越远，离去的速度越快”。碟店关门，DVD 濒临灭亡。朋友们陆续皈依佛教或基督教，我戒了酒。许多人开始信风水占星宿命。有人在中年改名，希冀改运。有人跳槽，跳来跳去总是不满意。一半的人都换了工作，甚至行业。老六只是其中之一。他砸掉体制内的工作，出来做报纸，倒闭，自己做《读库》，沉静下来。有人创业。有人破产。有人换房子。有人失恋。有人离婚。有人再婚。有人酗酒。有人患抑郁症。有人染上赌瘾。有人自杀。有人猝死，在他的葬礼上，据说有人，握手，泯恩仇。

之前的饭局犹如一场大梦。真正的生活，早在无声无息之间来临。

谁曾在年轻时到过一座大城，奋身跃入万千生命热望汇成的热气蒸腾，与生活短兵相接，切肤体验它能给予的所有，仿佛做梦，却格外用力、投入。摸过火，浸过烈酒，孤独里泡过热闹中滚过。拆毁有时，被大城之炼丹炉销骨毁形，你摧毁之前封闭孤寂少年，而融入更庞大幻觉之中；建造有时，你从幻觉中寻回自己，犹如岩石上开凿羊道，一刀一刀塑出自己最初轮廓；烈火烹油中来，冰雪浇头里去。在现实的尘土飞扬与喧嚣之中，你迟早会有一瞬，感到自己心中的音乐，与这座城市轻轻共振，如此悠扬，如此明亮。谁的生命曾被如此擦拭，必将终身怀念这段旋律。

2012-02-24

改于 2013-03-22

青春期

我的青春期是一卷黑白的默片电影，压抑冗长。

我胖，习惯卖衣服的女孩冲我喊：不用试，没你的号；我知道自己上体育课时身手笨拙，出于害怕嘲笑，我先拒绝别人：我会的运动都是一个人能够完成的，比如游泳，比如长跑，比如登山，而需要跟别人配合的，比如打球，我从来就没能学会；我越来越习惯做一个“主动放弃”的人，我先假设别人会拒绝我，于是我抢先放弃，获得一个心理上的优越感。我假设社会对我很苛刻，然后我便有理由苛刻自己。

不能说那是个愉快的青春期，它让我极端自卑，成年很久之后，被别人夸到长相，我都要细想一想：这是夸我还是骂我呢？成年的我比少女时瘦十多斤，我不再戴眼镜，可那个笨手笨脚的胖女孩仍然住在我的心里，从不曾远离。

如果说笨拙和自卑是青春期给我的烙印，同时，我也不能不提到另外一些印记：因为长期站在人群外面，从这个角度，我学会观察、倾听，它培养我对“他人”的好奇心和了解欲，这对一个写作者来说，是一个还不算坏的出发点；因为拒绝外界，我获得一个向内观看的内部世界，这是我独立人格形成的开始，我像雕刻大理石一样雕刻自己，每一本书，都会在我身上增加或拿掉一些东西，而原本混沌的大理石渐渐轮廓清晰。我看到文学之光，智慧之美，它们帮我度过冗长寂寞的青春期，并至今仍为我照亮，令我喜悦，给我勇气。

我该感谢还是仇恨我的青春期？它赐予我的自卑我携带至今。我的“主动放弃”并没有治愈，我好像没有办法像那些开朗外向的女孩一样，相信这个世界是友善的，相信自己足够好，她们脸上的表情是放松而自信的，而我的脸上是一望而知的孤寂。

我该接受还是嘲笑我的过去？我的来路坑坑洼洼，我的成长跌跌撞撞，那必然是不光滑的成长，充满黑夜的气息、质疑、痛苦、不知所措和愤愤不平。它让我对世界不满，我跟世界的对峙持续至今，这一层紧张是我写作的动力。

成长是痛苦的，我不赞美它，但它给我阅历，给我经验，给我机会了解这世界。在长期的自我憎恶和不接受之后，有一天我想，不妨接受这个不完美的自己，接受她的分裂，她的乖戾，她的孤僻，接受她，爱她。是的，我从来没想到我还可以爱自己，是真正意义上的爱，就是说，无限忍耐，无限理解，无限的无限的爱。奇怪的是，当我体会到这种爱之后，我发现自己跟世界的关系缓和，我甚至可以分一点爱给别人。

我曾经无数次渴望回到少年，拍拍那个女孩的肩膀，分担她的苦恼，让她不要再哭。我想保护她，给她希望，告诉她未来其实没有那么糟。可是现在，我想也许糟糕的和美好的都是一样的，苦闷的和开朗的都是殊途同归。我相信到最后，是一个人内在的东西决定他能走多远：是你的热情，你的梦想，你的心灵之光，决定你的未来之路。我糟糕的青春期给我最大的礼物，是一颗火种，这么多年，它清晰地在我心脏中燃烧，照亮我，温暖我，有时也烧伤我，刺痛我。我不赞美，我只是接受，我接受我的心里有愤怒有仇恨，我接受我的心里有爱有希望。而后者的光芒，越来越亮。

我爱这精彩的世界，痛苦而丰富的人生。

2008-04

那年夏天宁静的海

厦门最美的地方是鼓浪屿，炎热的午后，居民区一片沉寂。

阳光炽烈，建筑物上大块大块的色调融化在光线里，他们那么敢用颜色，明黄、酒红、植物绿。因为旧，因为已经没有与世界争执的心气与锐利，所有色彩都退入阴影，反而像被印象派画家漫不经心地涂抹过，整个岛，都是画。

正午。只有晒在外面的被子和床单醒着，桃红与静绿，仿佛在期期艾艾聊着主人的家事。不知道跟自己一起坐轮渡过来的成千上万人哪儿去了。这是五一长假，据说有好几万人造访此地。可是在炎热的午后，鼓浪屿又回到沉睡里去。

我爱这里的落魄，死气沉沉，墙塌窗坏，爱它大势已去的颓败。最好的时光已逝，只剩下有尊严的沉默。

终于还是累了，找个家庭式旅店进去。前台没有人，后面屋里传出麻将声。我坐到走廊沙发里，下午的阳光一点点斜过来，穿过悬挂的一件白T恤，再跳过一小段石头铺成的台阶，落在我脚下。庭院里树叶微微摆动。心里有声音说，这不就是你寻找的安静？

天色渐晚。古典式路灯渐渐亮起。云朵兀自堆积，大笔大笔泼在灰蓝的天空，如一场惊心动魄的阴谋。这个时候，这个地方，像天尽头。

情侣们爱来海边，会不会因为它像一个尽头，比如说，世界尽头、时间尽头、诺言尽头、谎言尽头……尽头就是到头的意思。或者说，尽头就是另一个开始。

这是我在厦门的第一天，晚上回住处，才发现，脸上热辣辣的已经开始脱皮。

回到厦门市区，我像一个恋物狂。

我走进每一个书店，每一家衣服店鞋店，每一家影碟店，饥饿的手指划拉过一排排书、一架架衣服，试一双双鞋，付钱，包起。我不知道自己原来这么穷凶极恶，不管自己旅行包里有没有余地，不管自己背不背得动。我的手指饥饿，眼睛饥饿，我刚吃完饭就饿，刚走出一家店就想拐进另一家店接着吃。我不停地吃，可还是饿得要命。

在衣服店里，拎起一件件衣服比划时忽然在镜子里看见自己讽刺的笑容。我笑自己，你真以为买一件深蓝色的裙子就会让你平静，穿双桃红鞋子就能变开心？

外面下起雷阵雨，这是我在厦门的第二天。我跑到一个陌生的城市，寻找我要的安静和孤独，并如我所愿。我合着我矫揉造作的孤独走在厦门。不停走。心里像起了把烈火，烧得人一定要发狂地走才可以止住疼痛。烧得人用脚底的疼痛换取心中平静。

我到处找一间有靠窗座位的咖啡馆。要知道一个城市的休闲文化，一定要去一间有书的咖啡馆，我这样跟自己说，在大雨中一家一家地找。雨落在头上身上茫然不顾。除了饿，我对其他感觉都可以忍受。我一家一家地问，有没有一个靠窗的位子。光线昏暗的不要。情侣包间不要。嘈杂的不要。

街心一下空出一大片空白，我走在当中，还知道把袋子遮在头上，心里却在笑自己这么急急忙忙的，往前走也在下雨啊。聪明绝顶的黄蓉这么跟郭靖说。

终于在光合作用咖啡坐下时，我想写东西。我翻袋子，找不到一支笔、一张纸。我忍半天，可是仿佛临终之人急于写下遗嘱，我按捺不住，问小姐要笔，要纸。她给我一支圆珠笔。一片比巴掌略大的白纸。这会儿，我恨自己不是诗人，巴掌大的纸就够用。我只好缩起手指。

你们是不是也曾有过这样时刻，对未知之物请求:拿去我的生命。

不知道为什么要继续下去。在一个完全没有借口、没有预兆的时刻。在我再次和疲倦、无意义的重复劈面重逢时，在一个下着雨脚很疼而心脏紊乱时。

我知道假期结束，我又能够回到轨道，假装踌躇满志地奔向前方，追赶别人及被人追赶，直到在飞奔中再次崩溃、静止、修复或终身不愈；我知道我终究能再次从寂静中得到莫可言喻的大幸福，我知道正如一日三餐，偶尔绝望也是生活必须，更会渐渐消化——可是你们，是否也曾请求未知之物拿去自己生命，并惊惶发现，头顶之上，一片寂静。

如果一定要有人为我们负责。如果没有任何人能负责。

我对工作说，请拿去；我对爱人说，请拿去；我对未知物说，请拿去。我厌倦了背负它。但头顶一片沉默。

我一个人在路上发狂地走。希望能消耗心脏里激烈而盲目的热情、容易喜悦又容易衰弱的热情。我希望自己变得正常。

只要我学会和一个人相处。只要我还能爱一个人。

我打磨着自己过分纤细的神经指望把它们磨粗糙。长久的事物都带有粗糙的气息。我希望我能长久而平稳地爱你。

如果不能够，我希望能长久而平稳地活。

2004-05-18

把星星扫落大海

从去年开始写小说，渐渐不再写随笔。随笔是更大的赤裸，情绪和悲苦都无所遁形。我试着用小说，在一个个夜晚，睡不着时，键盘“嗒嗒”作响，一路马不停蹄，我的暴戾，我血液里的偏激与尖锐都在键盘“嗒嗒”轻响中释放。

白天，我是那样无趣的上班族，面无表情，不冲动，不过分，也从不显眼。

可是一直并不满意自己的东西。七月写完《喜相逢》，心里有冰冷冰冷的感受，知道写坏了，也知道自己尽力了。那篇小说写爱情的消亡，可是写的过程，我一遍遍体会到写作能力的死亡，知道什么是更好，也知道自己不能写得更好。

写完之后，我羞于看它。

每一次都会被自己的文字伤害。我为文字里的自己难堪，一次次。我曾经以为写作是疗伤的过程，不是，它是一次次揭开。

一直以来，我以为写作是我最大的骄傲。当然我从来不公开这么说，我像守财奴一样藏着它，打磨它，希望有一天它变成星星。

石头会变成星星吗？

我在小学的时候学琼瑶写爱情小说，写女孩堕胎，写不下去的时候我停止，世界也随之停顿；在初中的时候开始写漫长的武侠，武士在错别字连篇的江湖里闯荡，写不下去的时候就停止；那些本子现在都还在老家的衣柜里落灰，曾有一天，它们被父母翻到并大声朗读，我希望我在那一刻死去。我没有。

最疯狂的写作发生在十七至十八岁，我向以《少年文艺》为主的编辑部大量写信，谁知道南京高云岭这个地名？它是《少年文艺》的地址，我写过无数次。当无数次的退稿信如期而至，我选择收起石头。退稿信被好奇的同学挤眉弄眼。我希望自己在变老前死去。

十七岁遥望二十岁是一件痛苦的事，看起来成年人的庸俗生活里没有乐趣，没有想象力，没有审美。如果 20 岁之前还不能成为一名作家这辈子就没有指望了。我一遍遍这样想。

在十八岁之后，世界再次静止，变为黑白。

每个喜欢写作的孩子，都买过许多本子吧？素净的、华丽的。钢笔在最开始和最结尾的页面留下痕迹。也都有过深夜里打着手电，握着钢笔，屏息静气等着写下一个句子，可是等了半夜也写不出来的经历……是的，等了半夜还是写不出来，或许下个夜晚还是这样，下下个夜晚、十年后，纸张换成电脑，蓝色墨水的钢笔换成键盘，墨水再不会染蓝你的手指——可还是写不出来，你最想写的那句话，那段文章，那个惊心动魄的故事。

这个时候，我的梦里已经在讲英语，在跟人谈工作，白天的焦虑追到梦里，我必须选择。

生命原来是接连不断的死亡与复活。

十八岁时，我杀死心里那个焦急想成为作家的小人；二十岁，那个跋涉到另一个城市借一把吉他的音乐青年终于还是死去；二十六岁，我干掉那个不肯放手一段感情，泪流满面却卑微到尘的绿妖。

一路过来，见鬼杀鬼，遇佛弑佛。生命原本如此血腥残忍。

是怎么走到这一步？

是从陈丹燕的《风花》，在看到的一刻，心里有不可描述滋味？是从黄家驹的《海阔天空》？是第一次为一名男子喝下一瓶啤酒，第一次为他流下眼泪？是第一次知道什么叫万箭穿心，在第一次和无数次的失眠里，一次又一次地对着电脑，对着黑夜，对着空白而开始期待、开始写作，开始朝向天空和死亡的旅行？

是从第一次离开家乡，第一次在陌生城市醒来，第一次搬家，第二次搬家，第三次搬家？是职场上第一次钩心斗角，第一次有欲望又第一次跌倒？是第一次开始想买房子，第一次想在一个没有根的地方生下根来，第一次在荒凉的世界里发现物质的结实与厚重？

从哪里开始，从哪里失去？

从来不相信宗教，即使在最近的距离都拒绝下跪。我蛮横地相信自己心灵的力量。生日前一天，走在街上，忽然落起雨点，我迟疑着，要不要找个地方避雨。雨渐渐大起来，竟然横暴肆虐，像耳光般打在脸上，忽然心中狂怒。天地不仁，那又怎样，有种你就劈了我，我在心里骂，雨浇下来，完全看不清眼前路。那种走投无路的狂暴，天下之大，竟无处可去。

天地之大，而你我不过如此卑微。我有的，不过是自己微不足道的一颗心脏，不能受到物理意义上的重击，却必须用来担当生命的种种狂暴。

当朋友在 MSN 上问我：绿妖，生命为何如此痛苦？

当我问：老兄，我们这肮脏的生涯要到什么时候结束？

没有答案。或许在那时，我们都已各自做出回答。

答案不过是，担当自己的生命，无论它好或坏，罪与罚，邪恶或美好。统统一力担当。在自由与爱情间我选择自由，在祈祷与打扫之间我选择打扫。

不是第一次知道自己天分不够。但曾经我相信写作是一场大梦，可以有一生时间来努力练习，天赋不够，勤奋来补，终我一生来完成——可是，天色渐亮，马车变成南瓜，公主要去打卡，而星光黯淡成石头。

千山万水，千山万水，原来你不在这里。

千山万水，千山万水，原来你不在这里。

2004-08-23

找自己的人

在办公室里看到 BEYOND 演唱会就是当晚时，已将近 7 点。演唱会 7 点半开始，在距离办公室十公里之外的首体。之前我好像兴趣一般般，可是忽然间，我想，爱谁谁吧，这场演唱会看定了。

7 点 10 分，离开仍在加班的同事，平安大道车流拥堵，像蜗牛背着重重的壳，一步一步地往前爬。反倒急坏了司机师傅，他知道我是去听 BEYOND 演唱会以后，说：知道！首体！ 7 点半！BEYOND 嘛！你喜欢他们？我尽量！

可是我不急。已经淡漠了这么多年，似乎从 1995 年之后我就再没有买过 BEYOND 的专辑，那么演唱会再迟到一会儿又很重要吗？同事知道我去听 BEYOND，笑话：没有黄家驹的 BEYOND 还是 BEYOND 吗？我懒懒地回答：可是我不是去听他们仨啊！

我不是去听他们仨，无论后来他们做多少努力，怎样成为香港乐坛的中流砥柱。无论他们换不换发型，改不改造型，有没有和朱茵谈恋爱，是否要单飞。

我不是去听这晚首体二流的音效，蹩脚的三个耗资几十万的铁笼子道具，我不是去听打扮得像动物园练摊儿一般的二手黑豹唱二手“无地自容”。

7 点 40 分，心急火燎的司机用赛车速度把我送到，我感激道谢，门外围了许多等票的观众，我不知道是否已经开始，我听不到一点音乐，只听到自己的心又开始慢慢跳动；我向任何一个面目可疑表情凶悍的男人询问：有票吗？我询价，我讲价，880的票卖450，卖票的大哥一直说：要是刘德华，我就不卖了！门口千人涌动，我甚至没有工夫去买一根荧光棒。

直到坐在座位上，置身全场荧光棒中，我才发现，自己没有买一根荧光棒，没有时间换上牛仔裤T恤，我穿着不合时宜的连身裙，高跟鞋，手里紧攥着皮包，我不能跳，不能挥动双臂，只能狂躁不安地在座位上拧来拧去。

这么远，这么熟悉，每一首歌，都有记忆。不随时间流逝而洗脱。我跟上万人一起唱，听不到自己的一点声音。

我不是男生，分明没有跟男同学一起，在校园里用人神共愤的杀猪声音唱过他们的歌；我上学时还不会喝酒，所以也没有在午夜的街头，用失控的嗓子喊出“总有挫折打碎我的心，紧抱过去抑压了的手，我与你也彼此一起甘苦过”；那我有什么好纪念？只因为我曾经在学生时代的床铺上，用随身听，把他们的一张极有可能是盗版的精选辑翻来覆去地听烂过吗？

可怕的学生时代，冬天在卫生间漏风的隔断里洗凉水澡的时代，觉得自己与别人无法交流的灰色时代，对未来拥有无数幻想，认为长大了一切就会好，以为成长会像歌里唱的那样：“迎接光辉岁月，风雨中抱紧自由。”

我跟身边无数的，长满粉刺、羞怯紧张不善交流的同龄人一样，一边粗糙仓促地长大，一边为自己虚构出一个远方。所以我一定要听这场演唱会，因为 BEYOND 曾经是我的远方。因为只有亲耳听到在万人大合唱中，独缺黄家驹一人的 BEYOND 一遍遍唱："Oh para paradise，是否那么重要，你是否那么的遥远"——才能真切地证出远方的虚幻。成长的虚幻。

终于长大了，我有了眼袋你有了肚腩，没有经历过传奇甚至连碗大的疤瘌也没有，却已经迫不及待地衰老。

我终于也能结结巴巴说上一些场面话了，我终于也能脸不红心不跳地赞美奉承别人，——尽管总有点磕巴，我总算学会变脸大法、马屁神功、学会谈钱并讨价还价——必须承认，成长对有些人格外缓慢或艰难——我终于变成这个疯狂购物的冷漠女人，我终于没能戒酒，并开始抽烟。我选择成为今天自己，并在心里把自己千刀万剐。

我终于失去了你。

最初听《海阔天空》，只听懂"原谅我这一生放纵不羁爱自由"，等懂得"背弃了理想，谁人都可以"时，已不再听音乐；而这晚，第一次听到那么多人一起唱，一起放声高歌原谅我这一生放纵不羁爱自由，那么多人都急切地表达热情、纯真、善良、理想……同时又知道一出体育馆，我们又成为陌路，成为彼此的冷漠面孔。

放声高歌呀，拼命地唱，谁想要哭就大声地哭。

大声地哭。

BEYOND 三子比我想象中要好很多。他们在一个叫黄家驹人的阴影下生活多年，无论如何努力都无法超越，人们永远把他们仨与另一个比较，并永远得出结论：失去黄家驹的 BEYOND 不值一提。

是的，这是歌手的现实生活，不知他们是否也常在心里因此将自己千刀万剐。在阴影之下，他们是否也在寻找自己，找自己是谁，找自己的名字，一路虚幻而真实地成长，直到成为今日台上，三个从容沉静的成年人？

《光辉岁月》一起，所有人起立，场内星星点点犹如发亮萤火虫的荧光棒有节奏飞舞，那种感觉难以描述。热闹到极致，反而感觉宁静，好像一觉醒来，你醒在十五岁的床上，窗外刚刚清晨，小鸟丁冬婉转叫个不停，而下过一夜的雨，窗户玻璃上凝满钻石般的雨滴。

你叩门，就能进入，寻找，便得见。就像我和我的该死的生命，它过于沉重，过分不合时宜，它像我的一个重负，经过长途跋涉彼此都血肉模糊，渐渐不可分离。

我希望有一天自己可以不后悔，不后悔干过的傻事，曾经的傻×我自己。我希望有一天自己可以爱上这个重负，这所有的折磨，琐碎，不堪与卑微，所有的骄傲与自卑，所有的失望、放弃、背叛。

我希望自己仍然能被一些肤浅而永恒的事物感动，就算见过再多混蛋，就算自己也变成混蛋，但心里仍然是那个会在音乐里流泪痛哭的傻×。

青春的尾巴如此之多，我要牢牢揪住，青春的热情如此牛叉，我要一饮再饮。

散场后，我在原地呆立，被两个路过的朋友当场喝醒。这个夜晚，应该喝酒，应该喝高，应该坐在长街街心，把久已不唱的老歌拿出来再洗一遍，把琴弦上的锈擦亮，把长夜当成白昼。

但我们只是相约一起买8月份许巍演唱会的票，一起挥舞手臂，打印歌词，带手电筒，在微弱的光亮下大声歌唱。

然后，我们相互道别，头也不回，各自回家……

千杯酒喝下去都不醉，何况春风秋雨。

那个姑娘是否还在想你，只听到无声无息。

2005-05-30

学着拥有，习惯失去

在办公室里，看新浪娱乐找选题，随手打开许巍的《晴朗》试听。

第一次听到这首歌当然是老狼的版本。在 2003 年整整一年，我在不同的地方，不断地听到这首歌。

那时候，我们都爱许巍。那时候，我们都爱爬山。有人每次都带一只破旧的卡式录音机，Coldplay 迷离不知所依的《Yellow》，还有老狼喑哑深情的破嗓音，这两首歌反复地放，在山间的云里雾里，在找路的时候，在迷路的时候，在宁静的树荫绿叶下、阳光与暴雨中；那时候，我爱喝酒，经常在大醉后听咣咣一遍一遍地放这首歌。放大声一点，再大声一点。就这样大开音响，像流氓一样在深夜的大街上游荡。

无法解释音乐。

就像不能解释这次，在办公室里，为一首歌哭，以手挡脸，面露蠢相。

什么叫“初次的感觉”——是不是第一次感觉和一些人有了一些联系，不论这联系有多微弱——哪怕只是酒醉后结群去吃一碗面；是不是第一次学着拥有，有了条件好一些的租房，有了工作，有了电视、影碟机、电脑，有了好朋友，有了男朋友，有了眷恋、依赖、不舍；是不是开始习惯失去，失去旧住处，失去旧同事，失去好朋友，失去男朋友，扔掉眷恋、依赖、不舍，扔掉“拥有什么”的幻觉，重新一个人，赤裸裸站在大太阳底下，困惑而坚强。

想起来蔡琴说自己，从出道就开始唱《恰似你的温柔》，回回唱，年年唱，成千上万次，终于在某个瞬间明白，什么是“破碎的脸”，什么是“浪花的手”。

在这个下午，无意中听到许巍，翻唱四年前他写给老狼的《晴朗》，配器轻松了，再没有那个惊心动魄的前奏和间奏，如一次迫不及待撕心裂肺的表白。现在这版，配器清淡，许巍用不能再平板的声音，慢慢唱，“这是初次的感觉/我想了解这世界/充满悬念的生活/击打我的心”——我不知道这音乐对别人来说，是不是太简单。就像我不知道人生的许多际遇，是否可以既是惊涛骇浪，又是平静无波；得到时刻骨铭心，失去后不惊不惧。

“初次感觉，心就像天空般晴朗”，许巍这样干枯平淡地唱着，这天空，不再是二十岁时蓝到凄厉的天空。或许你会嫌它有点太平淡，太接近灰蓝，像一幅卷轴画里大片的留白，简单到平铺直叙。

当初一起狂爱他的两个女朋友都已去了广州，一个结婚，整日在家打游戏，另一个仍单身，写作，追问并试图保持灵魂的完整；当初一起大醉后听他的那几个人久已失去联系，他们加入一些新人，组成“五大高手”，“高”是喝高的高，继续在痛饮狂歌的道路上狂奔，并鄙视再也不喝酒的我，再见面，都讪讪不知说什么好；陪我听过一段许巍的那个人，太长时间过去，忘记了他的电话，忘记了曾经怎样心急如焚，只记得某个瞬间，一个眼神，像浪花的手，或者，破碎的脸。

大概是身体太狭窄了，无法容纳如此多的纵情记忆、喜悦或痛苦，于是只能一边走一边丢，一边丢一边捡，既恳切哀求又决然放弃，就这样走下去，直到二十岁蓝到凄厉的天空，融合成一片平铺直叙的白。

许巍如是唱。我亦如是想。

2006-02-24

从一个充满恐惧的灵魂里慢慢挣脱

《北京小兽》出版后，在读者沙龙上，我说，感谢拒绝过我的十几个出版社，你们给我反复修改这篇小说的机会，可以以一个相对不遗憾的面目出现。所以，有时一件事不顺利，未必一定是坏事——这是一个幸运者的口气。而日记提醒我，真正不顺利时，那种痛苦并非这些轻松话语可以开解及安慰。

2006年时，我感觉自己一直像走在一条黑暗的长廊里。我徘徊在主流价值观之中，却发现这主流里并没有我的容身之地。工作五年，刚入社会的新鲜感、兴奋感都让位于疲倦，疲倦高得堵住了嗓子眼，好像随时能窒息我。

我辞职，放任自己不靠谱，这样了以后，我惊讶地发现，谁也没有拿我怎么样。我去旅行，一个人沿着大连的滨海路走了三天，冬天的海边公园，走很远发现那是一座山，到山腰时，路灯刷地亮起，一座山只有我一个人。晚上住在一家只有一个看门人的宾馆，一个客人也没有，没有空调，水管冻裂，晚上洗脸，要从桶里向外舀水。

我从原先的生活轨道脱离出来。之前，我是一个特别胆小的人，努力上班，谨小慎微地当一名小白领——我甚至深深地为当自由撰稿人的朋友们担心：钱花完怎么办？生病怎么办？身为一名中国人，我天生懂得什么是恐惧。可是那一年，我突然成了一名晃膀子——在听完我对晃膀子的解释后，一个朋友说：在我们农村，管这种人，叫做二流子。

这就是我的2007年，晃膀子，或者二流子。我去北戴河的海边租一个小公寓，没网络，每天自己煮挂面，想吃点别的就得走几里路才有饭馆。上午写作，下午去海边散步。在这种浪漫的生活里，我很现实地想着，要买一双鞋，因为我的鞋底儿断了。可我兜里的钱就快花完。那是旅游淡季，海边没有游客也没有本地人，只有无数个工地，我在街上走，头顶上的工人纷纷冲我吹口哨——我是他们见到的唯一的、活的年轻女人。四月份的最后几天，附近开始有了小商店，我看到灯光明晃晃的，挤满人，也奋不顾身地挤进去，发现那就是一个小商店，摆着方便面、瓶装饮料、冰激凌。我不知道我身边挤来挤去的人们在看啥——他们都戴着安全帽，穿得破破的，裤腰松松垮垮的，我知道他们就是在头顶冲我吹口哨的人。我想，大概在这地方待太久，颜色太单调，而方便面饮料瓶是花花绿绿的，显得格外好看吧？

真的，那个地方，沙滩是灰白色，海是蓝色，天是蓝的。除此之外，就什么颜色都没有。有时刮一夜大风——海边的那种大风，狂暴如世界末日——第二天，海水变成黑的，沙滩上尽是被刮上来的垃圾，像大海把它黑色的底儿兜了上来。

我还跟朋友徒步北京，在夏天的晚上。那时积蓄已不够我去外地晃膀子。我从东四环走到西三环，在地铁口摊开书念里尔克。我想我再也不会有勇气在公共场合念里尔克了。那时我高度紧张、敏锐，像一把剑在高温中反复淬炼，即将出炉时，异常脆弱危险。

那一年我写完了《北京小兽》的第一稿。犹如在地下挖矿，我所有的工具是一双手，一把勺子一般的手铲。窒息、逼仄、每向前推进一寸都很吃力。我被这个过程改变，仿佛肉身变得轻盈（因为要通过狭窄的隧道？）。我没那么害怕了。我突然觉得，当一个没有社保、不结婚不生育、老无所依的女人，并不是一个特别过分的要求。于是在 2009 年再次辞职，为写完这篇小说。

现在是 2012 年，我比以前更不靠谱，我的行李分别放在北京、大理、绍兴一个朋友的车库和另一个朋友的汽车后备厢里。我自己拉着一个箱子，在这儿待几天，到那儿过几夜。和之前有计划的生活相比，我现在更幸福。幸福不是因为颠沛流离，而是来自内心的自由感。我感觉自己，从一个充满恐惧的灵魂里慢慢挣脱。这是写作给我的礼物。

2012-06-10

大理拜日教

“你那儿还有太阳吗？”

“还有。你那儿呢？”

“没了。我得挪挪。”

这是一天里我们最常发生的对话，在大理。

2011年冬天，我来到大理。我们借住在冯唐在苍山下的宅子，一共三楼。很多大窗户，无声地说着阳光的重要性。三楼朝向苍山的窗户我们从来不关，每天早上，从那里飘进来山的气息，那是一种独特的味道，混合了浓郁的植物、泥土、冰凉的山涧，湿润而芬芳。

我迅速在二楼书架放下我带来的书，在书桌摆上电脑，摆明“这儿是我的工作室”。周云蓬没有跟我争，巡视一圈，默默往三楼的阳台上搬一把椅子——阳台，在我看来是晒衣服的地方，可有可无之地。于是，我们各自划分领地完毕，并无相争，皆大欢喜。

事实证明，姜还是老的辣。到十一月下旬，白天在屋子里待着，就感觉冷了。尤其是整天坐在电脑前。那种冷，是浸到心脏的冷。周云蓬把他的领地让给我一半，我半信半疑地上到阳台，立刻就体会到“大理的太阳像金子一样珍贵”。背对它，可以晒暖整个脊背和脊椎，人像充电的电池，一格格被输满太阳的能量。

我迅速加入大理“拜日教”。据在这里已经住了一年多的漫画家寂地说，大理有一些人为此组团，每天根据太阳的角度，到不同地方去晒。是的，我们的生活也调整为向日葵式。上午，吃完早餐，到阳台上看书写稿。此时，整个阳台都是散淡温和的阳光，不管坐在哪个位置，都能被热能照料。下午，就要抓紧。据说因为苍山的缘故，我们住的地方，太阳下山要比古城早二十分钟。就是说，四点多就没有了。有次，周云蓬午觉睡得长了点儿，起来后刚弹了会儿琴，太阳就没了。他为此一下午拉长了脸，闷闷不乐。

工作时基本不说话，除了不时问对方一声“你那儿还有太阳吗？”，如果身上发冷，就拎起椅子，紧走几步追上太阳。在大理，人人都是夸父。短暂的下午，我们从上午的随便坐，到渐渐集中在阳台一线，并且还被太阳（或者说寒冷）向同一个角落驱赶。阳光的最后三十分钟，除了东北侧角落，阳台全部沦陷。我和周云蓬就挤在那个角落，不时相互谦让一番：来，再往这边儿挤挤……其实两个凳子都已经挤到一块儿去了。而我，再向外挤，就要掉下去。直到这时，我们一天的阳台生活才算结束。

原本空无一物的阳台，被我们络绎不绝地搬运去茶桌、茶壶、茶杯、电水壶、暖水壶、小马扎……以便招待朋友喝茶。朋友三点来，我把坐在阳光里的周云蓬拉起来：就这一点儿太阳地，让给客人坐。

来喝茶的是张玮玮和张佺。太阳落山后，老周说，再坐会儿吧。玮玮起身：不了，太阳已经没了。咱们跟着它走，这会儿进城路上，还能再晒二十分钟。

2011-11-25

命运地图的虚线我仍未踏遍

前几年东奔西跑，去了很多城市。头天熬到半夜，第二天迷迷糊糊五点多起来赶飞机的事情常有。一个月都在路上的时候也常有。朋友问我住那儿，我掐指一算，答：住飞机上，火车上，还有各地的酒店里。身处其中，不是不辛苦。但告一段落后回望，竟有许多瞬间，美如珍宝，令我再三凝视。

比如2009年11月在苏州，晚上约两个姑娘见面。傍晚时降温，刮大风，我们被带去吃藏书羊肉。寒冷使人格外有食欲，众人低头猛吃，直吃了一锅半，喝光一坛四升的江阴黑杜酒。俩姑娘，一豪爽妩媚，一朴素内敛，均是美好之人。简陋的小店没有门，姑娘之一，衣着单薄的逸简默默坐在最外面为我们挡风。另一姑娘小米，她念的苏白版《不会说话的爱情》，后来收录在《牛羊下山》这张专辑。那真是一段吴侬软语，黯然销魂的好声音。这个夜晚，就伴随着寒风和一室如春的笑脸，被刻在记忆里。

巩义是长途旅行上一个偶然的经过。当时在郑州演出，剩下几天如何打发成了问题。去少林寺？上网查查，普遍不推荐。河南景点研究个遍，我押宝说：去巩义。买两张长途汽车票，一路颠簸着去了。没有期待，也就没有失望。反而收获到至今难忘的一个印象：宋定陵。那庞大的皇家陵园只有我们两人，巨大的空地上，有曾经大规模人工建筑过的痕迹，如今，荒草一人多高。在漫长的神兽甬道的尽头，一个土馒头直视游客。这大艺术家也设计不出来的荒凉感击中我，它比修葺得富丽堂皇的皇家陵墓更锐利地阐释了——繁华如梦、如泡影如空花。

去桑耶寺的路上，先坐渡船，悠悠驶过雅鲁藏布江。江面开阔，江风浩荡，当时受朋友邀请写一个跟鲁迅有关的舞台剧，先生的《孤独者》就慢慢地在脑海中来回播放，直到故事成型。后来那个项目停掉，我并没有机会去写这个故事。但在那么宽阔的一条江上，专注地在心里默念这么好的一个故事的体验，却萦怀于心，最后也被浓缩成一滴雨，装入记忆书架上那一排玻璃瓶中。

到桑耶寺时，已是傍晚，先去转经一周。住下后，天就黑了。那里的天，黑得十分彻底。半夜惊醒，后山上有只不知名的动物在长嗥，我怀疑是狼。它声音中的狂热、激动让我感到，它随时会跳过并不很高的墙，击穿薄薄的玻璃窗袭击我。这里面有什么寓意吗？它在对我喻示着什么？有些地方没有发生故事，却令人难忘。就像桑耶寺，它的气场像绝顶高手的内力，还未出手，已慑人魂魄。人在此地，如进入王之宫殿，不由自主放低声音，不由自主安静下来。听人说，桑耶寺是宇宙的中心，人临终时，要将自己一生的脚印都收回此地。或许因为此，我才有一种惊心动魄的熟悉感。第二天早上，踩着一地的冰碴，进到一家开着的藏餐馆，我们进去时，男主人还睡在沙发上。不抱希望地点份酥油茶，喝到嘴里，却意外的热、香、浓——就这样，夜晚的神秘体验，被一碗热汤收裹起，覆盖。

还有青城山，一路名家匾额楹联，美不胜收。天是一瞬间黑下来的，举手机照亮，深一脚，浅一脚地走，在昏暗的树林深处，出现一片建筑，星星点点亮着灯，喜不自胜地投奔过去。那是一个道观，大殿正维修。一个中年道士，领我们到客房，登记身份证。房内一床一桌，洗脸如厕都要到外面去。墙壁微微地往下落着墙皮。登记我的名字时，那个道士瞥一眼，有些激动：你也是河南的？是。我也是。他的激动像一滴雨水滴进湖面，缓缓扩散。他看看我名字，又重重地说：你会命运坎坷！神情间颇有为我卜一卦的意思。当时我一帆风顺，笑笑没搭话。临睡前站走廊看，偌大的道观里，到处黑沉沉的，只有他拎着一盏风灯，前门后门地巡视，是这巨大黑暗中唯一活动的人影。青城山的夜晚，也黑得彻底。但我总听到隐隐的闷雷般的声音，那一阵在看徐皓峰《逝去的武林》，里面有种功夫叫“虎豹雷音”，我躺在黑暗中，想，莫非这里真有高人在练着绝世武功吗？这个道士，为何从河南跑到四川来当一个道士，他有着怎样的故事？他可曾为自己出家的决定后悔？

看帕蒂·史密斯的《只是孩子》，她去巴黎的朝圣路线：波德莱尔——兰波——吉姆·莫瑞森之墓。终点是吉姆·莫瑞森之墓，“在那个没有标志的墓前，摆放着朝圣者们的礼物：塑料花、烟头、空了一半的威士忌酒瓶、断了线的念珠和奇怪的护身符……”记忆海面蓦然波动，去年夏天在巴黎，我们也朝拜了波德莱尔。他的墓前，也有空酒瓶，也有情书，也有鲜花。而同队的小伙安正，去拉雪兹公墓朝拜吉姆·莫瑞森，他躺在这位歌手墓前，听一下午的歌，遇到另一个也来此处朝圣的法国姑娘，他们一起抽烟，分享一对耳机，两罐烈性啤酒，还带她来晚上的饭局。这是一种奇怪的体验：我们在不同的年代去过同一地方，做过同样之事。这一切起源于几十年前，这些墓中人写过的诗句。灵魂比我们想象得有力。如果你的灵魂曾与某人碰撞，电光火石间，已在你命运的地图画下虚线，迟早有一天，你会以脚步将其走遍。

还有苏堤。每次去杭州必去之地。苏堤长 2.8 公里，对散步来说是一个适中的长度。我夏天去过、冬天去过、晴天去过、雨天也去过。一次下雨时，一行三人走上苏堤。刚开始是小雨，雨打在湖面上，锁住外面一切，天地间只剩湖水，雨滴，淡淡白雾，还有脚下长堤，水墨画般空灵，人在画中行，仿佛也不再是血肉身，而化作宣纸上的一滴墨。一玛说觉得害怕。原来烟波浩渺，空灵到一个级别，会让人恐惧。最后一次去苏堤是今年，我一个人，醉了。摇摇晃晃，脚不沾地走着。途中，我在一个长椅上坐很久，仿佛在想事，其实不过是在发呆。我睁大眼睛努力地看着西湖，想把这条风景优美的苏堤打包带走。那时我大概预感到，东奔西跑的日子要结束了。

还有一些未能到过的地方。比如前年我去过国清寺，一个千年寺庙，还有一棵据说是隋朝的梅树。浙江的朋友说，国清寺再往前走，翻过一个山，在山洼里，有一个小小的清幽的寺庙，庙里可以住，有标间，很干净。我的念头随着他的叙述，一个山头，一段山路，逶逶迤迤地往深山里走，好像已经看到两边大树的绿荫在头上天空合拢，山中独有的草木泥土的混合气息。

记忆中最美好的城市。我是 2009 年第一次去杭州，直接由人带着在三台山路、苏堤周围流连，住满陇桂雨，晨起空气如清酒，晚上沿着杨公堤走路，一路是树木参天草香浮动。我对杭州的印象，就是这树，就是这香。比如绍兴。我在那里住过两年。而我第一次去就爱上了。坐在青藤书屋的天井里，对面的墙，被雨水淋湿之处呈深绿色，一条条地垂挂在白墙上，像国画中的枯枝干藤。我真喜欢绍兴文人故居，天清气朗、堂堂正正，绝不富丽堂皇，绝无脂粉之腻，正是我心目中中国读书人的气息。比如苏州，去了多次，每次都要去山塘街那间茶楼，听那首评弹《钗头凤》，“红酥手，黄縢酒，满城春色宫墙柳”，那名叫吴卫东的评弹先生唱的真是好，是上好黄酒的醇厚，后劲绵长。

这些城市，后来我都一再地去，已经淡忘了初相见时的怦然心动。写文章的过程，是回身从记忆仓库里找到相对应的体验之水，一瓶一瓶打开。每一滴水都释放出一个世界，关于那些年，在我漂泊的起点，我曾经如何雀跃，欢乐出发。而在我旅途的终点，我回到北京这间小屋，一字一字，写出它们，灌入文字的保鲜瓶中，等待下一个十年再来启封。

2012-11-27

你还相信爱情吗？

“你还相信爱情吗？”

“我相信，部分地。”

“您是指我二十岁时还是三十岁时？”

“我相信爱情，但不相信人性。”

“我相信爱情可以天长地久，但不信爱人可以天长地久。”

“我还相信爱情，但不再相信它可战胜现实。”

“我还相信爱情，但不再相信它会永远不变。”

“我相信，如果我男朋友能买得起房子的话。”

“我相信，如果未婚夫在他的房产证上写上我的名字的话。”

“我相信，如果我老婆和我妈不再吵个不休的话。”

“我相信，如果男朋友不恐婚的话。”

“我相信，如果我女朋友不再在淘宝上花那么多钱的话。”

“我相信，如果我男朋友同意找个小时工帮我分担家务的话。”

“我相信，如果我女朋友的猫不再在我的床上撒尿的话。”

“我相信，如果我没发现男朋友去游行砸日产车的话。”

“我相信，如果我老公能停止劈腿的话。”

“我相信，如果我的女朋友不是一个水瓶座的话。”

“我只相信水瓶座和天秤座的爱情。”

“我相信会做饭的女人更容易得到爱情。”

“只会番茄炒鸡蛋的文艺女青年滚蛋！”

“我是文艺女青年，我会做饭。——柏邦妮”

“文艺女青年太难搞了！”

“我一点都不难搞，可是没有人来搞我。——某女作家”

“女子无才便是德。——佚名”

“你们到底还相信爱情吗？！”

“我相信肯为我花钱的男人。”

“我相信肯为我奉献的女人。”

“我相信要永远选择滋养你的人，如果不行，至少远离消耗你的人。——林忆莲”

“您的意思是找花肥。”

“你找到花肥了没？”

“我当了别人的花肥。”

“真不幸。”

“我相信萝莉和大叔的爱情。”

“屁咧。”

“我相信少妇和正太没有好结果。”

“也对。”

“我相信日本偶像剧的爱情超过美剧里的爱情。”

“那你相信杨幂吗？”

“我相信四爷。”

“我百分之十五地相信。”

“我百分之五十地相信。”

“我百分之一百地相信。”

“我百分之一千地相信。”

“我不看好贫穷的爱情因为太过磨损。”

“我不看好嫁入豪门因为齐大非偶。”

“我不看好同性恋的爱情毕竟他们不能结婚。”

“我不看好不要小孩不结婚的爱情因为他们没有未来。”

“你哭什么？”

“我是既不贫穷也不大款、正常地结婚生子的门当户对的异性恋，最后因为孩子夜里哭谁起来换尿布分开了。”

“我相信灵魂伴侣。”

“我相信肉体欢愉。”

“我相信爱情是一时糊涂。”

“我相信爱情是白日飞升。”

“我相信爱情是内分泌荷尔蒙多巴胺的起起落落是水星逆行的金星逆行的情不自禁。”

“我相信爱情是分担他的命运无论好的坏的。”

“我相信爱情是镜花水月如梦幻如泡影。”

“我相信爱情永恒一如梦中我相信自己是真的。”

“我不相信爱情，但我们要假装相信。”

“好吧。听你的。”

2012-11-30

我们为什么喜欢林忆莲

2012年的8月10号，林忆莲在北京开演唱会，几乎我认识的所有姑娘都去看了，她们有人看完情怀激荡，连夜K歌以平息；有的第二天早上起来，意犹未尽地发回味贴，好像那演唱会是一块糖，吃了一夜还滋味无穷。她们的年纪不同，职业不同，甚至相互也并不认识。她们是林忆莲的歌迷吗？大概并不。在我们小时候，粉丝也是一种稀有动物，因为那时的歌星格外遥远，都在香港、台湾迢迢地闪耀。即使他们能到北京开一次演唱会，我们也不可能去看。演唱会是生活里的奢侈品，坐火车到外地看更是不敢想象。更别提坐飞机。而没有狂热地追看过歌手现场，又怎么能叫粉丝呢？我们只不过和其他人一样，在电视上遇到就看一眼，买几盘磁带，而已。

只是林忆莲的音乐生命力格外长。进入2000年，唱片工业逐渐崩溃，许多新偶像都不再有发专辑的机会。她还在出。若非如此，她大概就像我们少女时代喜欢过的那些女明星一样，被记忆缓缓折叠，放进时光的旧信封。爱依然是爱的，每次到KTV也会点唱一首以示致敬，然后，再放回到KTV保鲜冷冻，等待下一次K局再见。

她不是。我们十几岁时，她是香港唱片工业打造出来的都市女人，劲歌劲舞，热辣摩登。我们二十多岁时，她款款坐下来，唱一些慢歌，那些歌像你深夜回家时，从楼下望自己家的窗户发现灯是亮着的。温暖，澄净，有点寂寞但是刚刚好。不知不觉，我们三十多，终于可以去看她的演唱会。那些二十多岁时不懂但是记熟的歌词，一句，一句，合着音乐的洪流在头顶上流淌。

不止是歌儿。还有她本身。女人看女人，小时候，是看容貌，打扮，并且因为叨在同性，眼睛格外毒辣。等自己也在生活里摸爬滚打过，有一些阅历后，再看女人，是另一种欣赏。台下的女人，多多少少，总看过明星八卦版，都知道她前面几段恋情，前些年生完小孩后又离婚。不比普通人，明星这些隐私，总是可怜地兜不住，弄到家喻户晓。沉寂一阵，也没见她在娱乐版上抛头露面地抱怨过什么，就这么又出来了，又满世界开演唱会，还是没什么话，唱得还是那么好，微微笑着，偶尔还露出天真的神情。她是六六年生人，今年四十六岁。表面上看，跟十几年前并无两样。细瞅，手臂上的线条、全身的曲线，毕竟变柔软了，不比年轻时瘦得刀削斧劈的冷峻。但谁在乎这些。她脸还是那么美，甚至比以前更美。

明星当然是众人的梦的投射。具体到女明星，她二十多岁时可以劲歌劲舞、魔音贯耳、活泼性感，三十五岁以后，则负责展示命运：流年起伏，每一次抉择每一个路口每一次跌倒，以及黑暗后的重新发光。她们都有一个特点，就是越来越美。“我更爱你被摧残过的容颜”，在她们身上，是真的。你能明显看到时光碾过的痕迹，皮肤线条的松弛，眉眼的改变，可是不知怎么回事，她们就是越来越美。

比如梅艳芳。她最后一次演唱会，已经瘦得形销骨立，衣服穿在身上松松垮垮撑不起来。那是一件婚纱，她头戴花冠，唱《亲密爱人》，唱《一生爱你千百回》，她爱的当然不止是一个男人，甚至也不止是歌唱生涯、音乐、舞台……她爱的，有没有可能，是这浮浮沉沉的命运，苦涩里混着甘甜？造物主给了她一切，又轻轻拿走。再给。再夺。有时她也会跟造物主谈判，像最后一次演唱会，她誓死不放，从病床上夺回来最后一次上台唱歌的机会。有多少人能跟死神讨价还价：让我做完这件事，尔不得打扰？

她不美吗？那只属于强者的，熠熠生辉的光芒。

还有邓丽君。她是童星，小时候影像资料很多，我看过少女时的邓丽君，坐在小船中，微笑着，黑白录像，苹果圆脸美得放光。我也看过她歌唱生涯后期的视频，头发剪得短短的，穿黑色合体西装裙，配珍珠项链，干净朴素，却挡不住她骨子里的雍容华贵。其实，她歌唱的鼎盛期，演唱会的舞台制作还很简陋，有些就像学生会演出现场。许多流行元素如今看来也颇雷人，但是，不管她置身哪里，穿什么，化淡妆也好浓妆也好，你能感觉到这一切里头那个人，是浑然的。她的美不因外界改变而改变、而损害。

怎么做到的？怎么能抵抗住地心引力，那么多次长夜痛哭的侵蚀？这不止是高超的化妆术，还有一个女人的死亡与重生。光洁无瑕的少女死了，诞生出一个女人，她跟我们一样，经历过不止一次的内心塌陷，但每一次都让她更强大。女人的强大，不是以肌肉块头、以金钱富足、以娇妻美妾炫耀于世，她们的强大显得柔软，她们优雅而美好，四十多岁时还在做自己喜欢的事，不因世间的险恶，而在脸上增添一缕怨恨线条，这就够了。一张，有故事的，美人的脸。

她们的存在，向我们展示：成长是优美之事。如果时间足够长，她们还将向我们展示如何优雅地老去。在精神层面与命运的交错之间，陪女人到最后的，只是女人。

2012-09-19

大熊星的安慰

我在电台做一档读书节目，采访年轻作家。录音棚是一个小小的房间，只能放两把椅子，第一次见我就大喜道：这样好，这样好，简直像两个人坐在对方的腿上。狭小的空间有助于亲密气氛，加上窗户紧闭，光线昏暗，人很容易说点知心话。

水木丁来的那期，她说，失恋的时候她就看托尔斯泰，看《战争与和平》。有一次，看到两个地主聊天，收成不好，地主的日子也很难过。她就莫名其妙地觉得，托尔斯泰连地主都能这么了解，他一定也能理解我。那种感觉特别治愈，像爸爸，像被一个庞大而无伤害心的动物蹒跚走来，抱在怀里。我想象着那种感觉，如果，熊不伤人，熊的拥抱一定就是那样的。

过几天，女作家颜歌来做节目，她说，写完一个长篇小说会有产后抑郁症，怎么治疗？靠托尔斯泰……我惊讶地说：你是这个小房间里，第二个这么说的人。

在有些人看来枯燥的俄罗斯老头儿，在另一些人心里，却是治愈系——不，简直是治愈之神。

我也有过类似的感受。但我的通道是《红楼梦》。2006年，我脱离正常的白领轨迹，被命运抛向茫茫大海，辞职，写小说，那时我写的小说要到六年后才能出版。一个人旅行，去冬天的大海，去桂林阳朔柳州湄洲岛，在柳州一个同学家里度过中秋，她家有一套人民文学出版社五十年代的繁体竖排版《红楼梦》，那些天，我抱着书不抬头地看，就像身体随着书本缓缓通过一个漫长通道，碎片化的我，被这个超时空旅行缝合。

就像小行星总是被质量大的恒星所吸引，我们也本能寻找着灵魂巨人，痛苦的时候，就想在这样的人身边待一会儿，哪怕什么也不说，只想从他们身上借一点点光。就像筹拍《色，戒》时期的李安，百忙之中飞行二十小时去瑞典小岛见他的偶像伯格曼，他紧紧拥抱偶像，继而伏在对方肩头哭泣，那张图片在网上广泛流传，我们好像都能感受到这个拥抱里的体温、心跳、灵魂传输时的微微震动。很多人难受的时候，会本能去大海边、高山上，在大自然的场中治愈自己。灵魂巨人的场也有此功效。至少你知道有这样的人存在，生命有更高的生存方式，而不是眼前的支离破碎，这本身就是安慰。

最近在看黑泽和子写的《爸爸黑泽明》，文笔朴素流畅，非常好看的一本书。其实黑泽明忙于拍电影，所以，他在书里，大部分时候是走来走去的一个晃动的人影，憨憨地看体育节目，逗外孙，像小孩子一样饿着肚子等下班的女儿来做饭……但偶尔说出诸如“在葬礼上出现的才是真正的人的本质呀”，智慧之光闪现，连我这个读者都为之眼前一亮。又或者去奥斯卡领奖，黑泽明看一眼，就知道谁是管照明的、谁是管布景的，因为“如果是自己喜欢而选择负责的工作，这个人的个性就会清楚地表现出来。世界上的电影人都是共通的啊”。

到最后两章，忽然觉得日月无光——那是黑泽明死后，写的是与大师告别、筹拍遗作的事情。而他的去世，犹如带走此书灵魂。黑泽和子的文笔还是那样朴素流畅，还是那些工作团队，还是拍电影……可是，不一样呵，就是不一样，一个大熊一样庞大温暖的灵魂离去，剩下的生命不知怎么，都变得没那么有趣、没有那么鲜明，而像电力不足的灯泡一样，灰扑扑了起来。

是啊，生命大多时刻，是受诸多限制灰扑扑的存在，只有有创造力者，才能点石成金。我不断回想，黑泽明一眼就能认出工作人员，竟然觉得想哭，在大师逝去的多年后为他不在而哭泣。他那一眼里，有无尽的对生命的喜悦、对创造性人生的喜悦、对人的喜悦。他像是会穿墙术，突破种种局限，直达生存本质。曾经我以为，人和生活只有三种关系:搏斗、讲和、屈服。我们给人的最高赞誉常常是“他和生活握手讲和”，这话里有一股老气横秋心若死灰的气味。但在此之外，还有着另一种生命体验：像一个孩子，在夏天炙热的空气里赤着身子，欣然跳入河里洗澡。大师对生命就是如此欣然投入。

黑泽明、曹雪芹和托尔斯泰都有着巨大的灵魂，你能隔着书本、隔着多少年的时间、隔着遥远的空间、隔着死亡，实实在在地摸到它，像大熊星恒定闪烁在北方的天空。这让人觉得安慰，哪怕灵魂曾赖以寄身的肉体已经不在。

今年是2012年，据说是世界末日，而我也又被命运抛到大海上，随风逐浪，前路茫茫。但只要有这些大熊星座的灵魂在，我就不怕，因为他们的智慧之光可以照亮黑暗，他们的穿墙术，会引领我，撞过绝望的南墙，抵达彼岸。

2012-11-13

轮船复活之夜

小时候，有月亮的晚上，经常趴在后窗往外看，那是一块别人家的楼顶，水泥地，被月亮一照，白花花的。总觉得睡着后，有年轻的男女会来跳舞。

后窗，是卧室唯一朝南的窗户，一点点大。周末拖个小板凳，坐在窗下的床头柜前做作业，秋天的阳光，消逝得格外快，让人措手不及。楼下是一天一地的麻将声。麻将摔在硬硬的木桌上，格外响。卧室里没有一本课外书。任何一本都会被搜出，撕掉。要看书，只能到街上，五毛钱一本的租书店。如果不想出门，或者没钱租书，就只能停在这间没有温度、也没有气味的、四面墙是白的、刷了淡淡蓝色墙裙的房间里，看自己的手指头。有时候，大人们打麻将忘记吃饭，我坐在楼上，月亮慢慢就出来了。盯着邻居家的楼顶，有时背转身，然后猛回头——还是没有人，但也许下一次会有年轻的男女跳舞。这是最喜欢的游戏之一。

年纪再小一些，还没资格在脖子里挂钥匙。有段时间，放学回家常常没人。院子门和厨房门没锁，如果天气冷，坐进棋盘那么大的厨房里，抱着肩膀，小心别蹭到米缸盖上的灰。不冷，就蹲外面，看蚂蚁，看天。天慢慢黑下去。月亮有时候出来，有时候不。

以上这些时刻，我都在期盼另一个世界，与此身所处、此生此世完全不同。如果所在世界是黑白的，它就是彩色的。如果所在世界是无声的，它就会有音乐。如果我的世界是无趣的，它就是轻盈飞升的。

上小学时还没有租书店，只有租书摊。它位于电影院的门口，并排几扇大门板，用橡皮筋捆扎着几排小人书，首尾相叠，五分钱一本。脚边一排小板凳，被许多屁股磨得光溜溜。坐在那些光滑的板凳上，一扇门板一扇门板地向左挪，犹如缓慢的航行。左边是大孩子看的武侠书。上初中后，有钱付押金，开始把书带回家。深夜，大人都睡着时，和我姐偷偷爬起来，像地下党开会般拿起书。开始是肩并肩，渐渐，我看得快，绕一圈，变成面对面，四手同翻。这些书的命运都很悲惨，几乎有一半被我爸撕掉。我爸有时候是两只手，分别抓住封面封底，哗啦一撕，这是轻伤，很容易能粘回去。有时候，是抓住开头和结尾各几十页，咔嚓一扯，此为腰斩。修补也不难。最难的是有一次，借一套《天龙八部》，那是一个温馨的周末，我们俩，又是在后半夜（还能在什么时候？）用被子罩在窗户上（以期楼下看不到楼上灯光），听听四下一片寂静，心提起来，开始看。那一次被发现时，父亲在暴怒中，将那一套书撕成碎片，雪片般纷纷扬扬一地。他下楼后，我愁苦地想着，我的十块钱押金。我姐，一页一页对照，严丝合缝地用透明胶带粘起来。我俩粘了快一夜，用完一卷透明胶。居然粘完了，而且还利用天亮前的时间，看了大半套。

后来经常想起租书摊的那个老头。夏天穿白衬衫，秋冬穿深蓝色中山装，斯文干净。不知道他年纪，对那时我而言，所有的中年人都算老头。许多书借给我时只是破旧，还回去就尸首不全。也居然信用没有破产，靠那十块押金一直借下去，直到初中。初二时，挪到书摊的最左边。再往左，没有书了。这一扇门板的最上面是一排鲁迅。开始租鲁迅看。最后要买。他说："这是我孩子的书，我不卖。"

多年后，带一个朋友回老家，昔日的电影院和租书摊变成一个商场，门口是打气球的摊位。跟同伴说，怀疑老头是外星人，被派来拯救我的。否则怎么解释撕了那么多书，还能继续从他那儿借到书？对于小时候的我，白衬衫老头，就是另一个世界。

初中时，办了县里三个图书馆的图书证。但即使这样也不能满足，经常都被没书可看煎熬，像一个寡妇在盛年之时活活地忍受情欲的折磨。

后来我到北京，掉进书和文学青年的海洋。看书看得最厉害时，整晚不睡。冬天的北京，万籁俱寂，能感到大脑里的风扇刷刷作响，还能听到脑部血液在狭狭的血管里咕嘟咕嘟地沸腾。《白痴》《卡拉马佐夫兄弟》《大师与玛格丽特》《日瓦戈医生》……看不完的大部头，像跋涉不尽的茫茫西伯利亚荒原。

买房，很大的原因是，希望我的书能终止流浪。买个白色书架，玻璃门。书越来越多，像煮沸的米粥一样从玻璃门里漫溢而出，在房子里四处流淌。从来没有这么富足过，想看什么书，就看什么书。

再然后，离开北京，在外面待了几年。最夸张的时候，家分成三份：北京一份，绍兴朋友车库里一份，大理一份。每到一地，最初的几天都忙着收快递，它们像欢快的信鸽，从全国各个城市，排队逶迤而至：北京来的冬天衣服、路上朋友送的礼物、还有途中买的书。必然有一包书。不管是在一个城市住下，还是离开，那些忙忙碌碌的快递包里，总有几本书。

绍兴的第二个住处在蕺山附近。这是一对老夫妻的房子，楼上小卧室是他们女儿的，棕色木地板，一张单人床，一张书桌，一个木质小书架。清简朴素，一个好书房的样子。迅速地，书架里摆上了书。深秋时，买架油汀取暖，现在，它变成这个楼里最温暖的地方。在这个房间，写出这几年里我仅有的两个短篇小说，《硬蛹》与《少女哪吒》，拜它安稳静谧的气场所赐，还不坏。

2011 年底，又一次长途迁徙，自绍兴去大理。搬家头一晚，先把所有书都封箱。仿若珍宝入库，再踏实地收拾别物。第一箱，放进去李娟《我的阿勒泰》，韩松落《怒河春醒》，徐皓峰《大日坛城》等。那是一个干净、结实的纸箱，拿油笔在外面歪歪扭扭写上：喜欢的书。《大日坛城》只给同伴念了三分之一。临走的那两天，一直想找时间念完。未遂。人和书的缘分，有时候只有那么多，在约定的时间里你看不完，就再也看不完了。而你并不知道，约定的时间，是多久。

在大理，二楼有一个书架，把自己安顿在那张书桌前 ——走到哪儿，我都喜欢挨着书架坐，像饿过的人，爱躺在粮食上睡觉。陆陆续续，从各地买的书，又随着快递员在楼下按出来的“滴滴”喇叭声，一本本尾随而至。最心爱的是《钟理和日记》、川端康成《掌中小说》、骆以军《脸之书》、奈吉尔·巴利《天真的人类学家》、陈先发《写碑之心》。

其实，在过去一年的阅读里，和大多数人一样，占据我时间的是连续剧：村上春树《1Q84》、刘慈欣《三体》，它们犹如大块的石头，延绵排成一条阅读小路，铺满我的 2011。但时隔一年，当初和众人一同读书的隆重体验，被记忆的海水冲淡，反而是那些不起眼的孤岛，兀自亮着灯，在脑海伫立。比如卡佛的《距离》。小说主画面是一次美好事件，小两口和好的场面细腻温暖，像冬天一所亮着灯的房间，晚饭的热气模糊了玻璃窗。而在房子的四周，仍是凛冽的寒冷，巨大的空旷，粗糙生硬的生活。他用一种暖调映衬出一个冷调，远远一瞥，已寒意逼人。以前看卡佛，毫无感觉，这次看，忽然懂了。

还有安妮·普鲁的《近距离》。那真是一本寒冷的书。这个时候，大理也进入冬季。太阳一落山，就跳上床，开一个小小的暖太阳，不管用，还是冷，但书里的那种寒冷，跟真实世界的冷，形成张力，相互抵消。安妮·普鲁的冷到极致，把生命压缩成扁扁的一小团，这时候还剩下来的任何一点点感情，都让人感激。我在没有暖气的房间里，靠着她，度过大半个冬季。

仍在买书。塔可夫斯基的《时光中的时光》，赫拉巴尔《过于喧嚣的孤独》……这时候的阅读，跟小时候的漫无目的，不一样了，更像在寻找一种秘诀，或者一条上山小径。可为什么一定要写作？不写不行吗？为什么人生一定要有意义？漫无目的，只是在花园里闲逛不也行吗？尤内斯库说："我如此拼命地追逐着生活，以至于生活总是不断地从我手中逃脱，我追逐，既没有迟缓，也没有超前，然而却从未抓住过它：仿佛我一直在与它并行奔跑。"这也是我的困惑：那个叫生活意义的鬼东西，到底在哪里，是什么？叫人如此心神不宁？到底有没有另一个世界，与此身所在，此生此世，完全不同？与每天的煮奶茶、买菜、做饭，望着太阳下去后变蓝的苍山发呆完全不同？

其实那时几乎已经看不进书。有空就刷微博。也写不出东西。清点过去两年的文字：两个短篇小说，三四篇书评。仅此而已。

如果只是沟通，刷微博和读书有何不同？区别在于质量。阅读是生命体验的交换，此体验，是一个生命被榨干后最精华的一滴，是石头里凿出来的水，稀少，但珍贵。阅读，不正是为了打破横隔在每个个体之间那堵灰色之墙？在我此身这冗长沉闷的世界里，给出另一种可能，如月光般轻盈的可能性？每个人，至少都曾在某一瞬间，不顾一切、要从自己的世界中越狱，与别人交换点什么，哪怕是一个默契眼神。为此，人们心存渴望地交流，即使彼此间充满误解，这渴望与误解至死方休。“真希望能永远读下去，打破这寂寞的大海。”王小波说。而无论读、写、说，一切灵魂的撞击都曾打破过这寂寞的大海，光明乍现时，我曾有幸进入你的世界，这就够了。

在大理，跟上海的编辑、南京的设计来回讨论《北京小兽》的封面。看到一位摄影师，黄鹭拍的冬天的颐和园，骨瘦如柴的黑色树枝倒垂下来，幽灵般割开白色天空。大叫：就是这个！这就是北京。生藏在死的下面。到最后，没有用这个封面。没什么。什么事情都怕到最后……或者说，在连续不断的时间里，“到最后”的，只是某件事、某种状态，而时间是没有终点的。对于个人来说，时间上的到最后是死亡。这是否也是人的痛苦之源：不管什么事情到最后，人还要继续前行，在命运起伏连绵的卷尺上不断颠簸着往下走。卷尺的另一侧是什么，有没有另一个世界，那个楼顶到底有没有年轻男女在夜里出来跳舞，我还是不知道。

到最后，我回到北京。现在是2012年的11月，很快会看到骨瘦如柴的黑色树枝。亲身体验，就知道，那其实是蚀骨的萧瑟，容易让人得抑郁症。等了两个月，东一个快递，来自绍兴；西一个快递，来自大理，散落在全国各地的行李，像迷路的信鸽，又疲倦地、排着队飞了回来。这当中自然有书。《怒河春醒》《大日坛城》《失败者之歌》《明季北略》《写碑之心》……这些书，有在各地买的，有朋友寄的，也有以为要在绍兴安顿，巴巴从北京背过去的镇宅之宝。也好，处处如寄寄似家。哪里有什么安身之所，我们面对的，不过是一场又一场告别，一个又一个快递。

回北京，头一件事情，整理书架。在走马灯般乱转的几年里，有些书走丢了，如《近距离》。有些书，本以为失散，却好好的，先我一步，已回到了家，如厦门买的《聊斋志异》。白色硬壳封皮上，烫金的书名磨得只剩“志异”两个字。那是2010年的元宵节，深夜，在曾厝垵的深蓝海景客栈，靠着床头看书，窗外不远，雾蒙蒙的海中，扯起汽笛。轮船的声音，一听就比汽车肺活量要大，是史前大动物的感觉，直直的、噗噗的、悠长的。轮船也有自己的感情，在这样的夜里，它们感到孤独，它们笨拙地在海水中走来走去，不顾一切，想去寻找另一只轮船。它们呼唤彼此的声音像隔了很远，隔了好几年，才能传到对方的耳朵。拿出录音笔，走到阳台，录下来。那时，客栈的主人，佟妍，还没有生病。在同一个夜晚，她也听到汽笛了吗？还是睡了？熟睡的同伴从梦中醒来，侧耳听了半晌，伤感地说：它们叫得真孤独啊。

看到这本书，潮湿的海雾扑面而来，耳边又响起汽笛。响亮的，孤独的，忘情的，不顾一切的。

第二辑

致我县城的兄弟

致我县城的兄弟

陪我逃学的兄弟，一块儿抽烟的兄弟，你们在哪里。小学是我们无忧的乐园，挥舞书包呼啸成群，阳光刺眼尘扬大地。我们老大的哥哥曾被劳改，这让老大在小学期间无人能敌；我们挑选最甜净的女生在她上学放学路上设伏出击，而对据说跟“社会上”有来往的女生则心存疑虑。

小学毕业，老大和最风光的几个男孩从我们当中消失，之后几年，他们的名字在若干次严打中若隐若现终至沉寂，留我们在初中更加破烂的教室，度过更加破烂的年少。

我们看不上任何一个同班女生，她们要么和社会青年来往，在我们放纵的想象中更加放荡，要么打着小报告精神地当着小班长小组长；我们多余的精力常常使打架变成血战，别人的血令我们吃惊而自己流血却异样的平静，流血意味着群架的结束，我们突然懂得害怕，一哄而散各自包扎，回家挨过父母再一次痛打。

晚自习是充满暴力的时候，回家路上有“社会上的”压低声调不无讨好的借钱，而他们往往是我们小学的兄弟。这时候一次打火机的亮起可以变成一次老友重逢，否则就是黑暗陌路人痛殴逃跑和鼻血。他们已经在使用水果刀或弹簧刀，廉价的刀片因其迟钝而加剧疼痛。我们别别扭扭不愿上学，却吭吭哧哧讲不出道理，我们还不知道承认恐惧比恐惧需要更大的勇气。于是我们携带刀片准备反击，当被老师体罚，裤袋里的刀子像烧红的铁片，跃跃欲试伤人伤己。

除此之外，初中我们过得还算自在。父母都上班时大街是我们的课堂，投影厅里有不间断的梦想。周润发教会我们做人的准则——很多年后我发现这些准则过于高尚；而钟楚红的烈焰红唇让我们在夜晚心房膨胀不能自已。

每年春节都会有来历可疑的歌舞团在最热闹地方搭棚，唱歌跳舞，模仿明星或观赏侏儒。我们挤在台下津津有味地度过青春。总是有谁的表姐在某个夜晚随某歌舞团一起消失，有时候也会经过父母同意，这通常在歌舞团看起来比较正规之时，而她们经常是周围人中长的最美的一个。这些总会使留下的平庸之人艳羡不已，却没人知道哥哥们那隐秘的伤心。

很长一段时间，县城里来来往往都是背着吉他的年轻人，他们用音乐抵抗平庸他们的忧伤如出一辙。

而剽悍的哥哥们则去向四面八方学习武术，然后，就和随歌舞团消失的表姐们一样音信渺渺。

许多年后当电视已能收到几十个频道，候鸟般走穴的班子已不被欢迎，我看到他们卸去棚顶在露天跳舞，那些穿得太少嘴唇发紫的女孩里有没有我的表姐？而她们早已被人们忘记。

回到我们的初中，极少有人想上高中考大学，既然我们可以顶父母班在出生地谋到饭碗。在度过黄金校园时光后我们成为待业青年，等待父母跟单位领导争吵或哈腰等待上班，同时羡慕那些当兵的兄弟，他们穿上军装坐上火车，去了没听说过的远方。

女生们也一样。进入邮电局或银行的被盯死，未来几年中说媒人将络绎不绝。而棉纱厂则属于父母没有门路的姑娘。很多年后，全民工或集体工成为历史，而当时却使她们付出几千或上万元的代价。她们并不知道，几年之后，国营也会倒塌，她们将每月领两百块钱然后在街边卖手工馒头小米稀粥——就像现在，傍晚之后，举城炊烟。

还是让我按时间顺序从容叙述。取代歌舞团的是“下海”，它让所有男人眼馋心慌，我们开始停薪留职，兄弟们见面的时间少了，掏出来的烟盒开始有了区别。有人矮了半截并再也没直起来过；有人在本地开小商店；有人去了遥远的南方。

学小马哥叼火柴的兄弟，背吉他忧伤走过人群的兄弟，你们在哪里。一次次的分化使我们消失在单位和家里。街边那一排摆地摊儿的是你吗？每月为两百块钱苦留厂里的是你吗？考上成人高考不知所终的是你吗？从南方回来恳求领导让自己继续上班的是你吗？你们当中的一个，二十三岁考上大学，三十岁时他拍出了记忆，记录我们所有的幻想、拼命挣扎和于事无补。

电影里那几个兄弟，全力追逐，却让自己看上去像个小丑；一次次出发，却只为了回到起点。你知道吗，它叫《站台》，却在开始两小时后才看到火车……

我没看懂，当初拒绝崔明亮那妞为何最后又去找他。朋友说女孩年轻时总想挑更好的，老大不小也就找个人嫁了算啦。是的是的，一如崔明亮的终于回家。生活到某一个地步就不会再有奇迹出现，结婚生子，洗心革面，好好上班天天发福，所有忧伤游荡的兄弟都会回来，如崔明亮般在沙发里盹着，而炉子上的开水呜呜作响，响成梦中远方的汽笛……

结婚生子的兄弟，放弃幻想的兄弟，你们在哪里……

2001-10-08

人们缄口却倾诉心声

临近圣诞，大堂里放一堆花里胡哨的洋玩意，彩纸、圣诞树、圣诞老人。圣诞老人高不及膝，白胡子毛茸茸的，一天到晚守卫着圣诞树。

有天下班出来是晚上十点，电梯里没什么人，大堂很安静。平时总站在前台后面的保安，蹲在圣诞树前，摸着圣诞老人的胡子，低低地在说着什么。脚步声也没让他回一下头。

走到外面，回头看看，隔着玻璃门，还能看到他就那么蹲着，手一下一下抚摸圣诞老人的胡子，要么扶在他肩膀上，说什么，却完全听不到了。

这是北京最繁华的地段之一，外面是铺天盖地的火树银花。

晚上八点多的东四，她抱着一个孩子坐在地上，背后是块工地，是这一带少有的无灯之处。在这一片黑沉沉中，她低着头，盘腿而坐。显然她在乞讨。很多人抱着孩子乞讨，都在跟前地上写有说明：给孩子治病，钱花完了，需要好心人帮忙，云云。她也乞讨，可什么也没有写，跟那些时刻看着路人，甚至不停磕头的同行比起来，她什么也没做，只是低着头。这是个绝望的人。

我走过去放点钱，忍不住问，孩子怎么了。

“他生病了……”

当然是这句话。

正中午，她把门推开一条缝，人就站在这条缝里，要进不进、要出不出地迟疑着：请问，你们这里有面条吗？

服务员应声说：有面条。这是北京街边最便宜的“成都小吃”，卖盖浇饭、酸辣粉、蛋炒饭。

“多少钱？”她还是挤在门缝里，一只脚在外面，随时可以走掉。

“有5块的，8块的，9块的。”

“最便宜的几块钱？有汤吗？”

“5块，有汤。”

她又站了十秒钟，终于下决心，走进来吃饭。她坐下来的样子，好像这店里的桌子椅子随时会碎掉一样。

他悄悄地走到我桌子挡板前，一屋子人，不知道为什么挑了我，“谁叫快递了吗？”声音很轻，表情比声音还要轻，好像我一出声他马上准备逃跑一样。大概在开口问我之前，他已犹豫良久。我站起身，跟着他东张西望，一屋子茫茫人海，看不出谁的快递。“你声音大点，问谁叫快递。”我给他出主意。他点点头，“谁叫快递了……”他的声音不比蚊子大多少，饶是如此，都被自己的声音惊吓到。他这样不可能找到人的。但他的声音未落，我玩金属乐队的女同事已大喝一声：谁叫快递了！一屋子人都抬起头来，就听一个女声高高兴兴接下话茬：我，我。你是雷鸟的么？

他笑眯眯地走过去，步子也是轻轻的，消失的那边，就听有个男声说：雷鸟别走。他仍然高高兴兴地，小声地应一声。或许是我的猜测，也许他根本没说话，以他的音量，说话我也听不见的。他脸黑黑的，是干过农活粗活重活的脸，是没有被善待呵护过的脸，这样的脸，本来不会这么羞涩的，可他偏偏像没出过门的大姑娘一样秀气。

下午晚一点的时候，他不声不响又站在我身边——他好像看准，在这个公司，我是他的联络人——小声问：你们这里，谁姓刘呀？

这次我有经验，不为难他，自己转身，抬高声音：谁叫的快递？一排挡板后面，那个女孩示意他过去。他又悄悄消失。

在别的办公室，他又怎么在一屋子茫茫人头里，凭他小小的声音，找到是谁叫快递呢？

在九剧场看完演出出来。外面在放露天电影。稀稀拉拉站一些人，带看带不看的。有人打乒乓球。

正中间的空地上，当当正正只坐了一个人，他盘膝坐在一叠纸板上，旁边放着一个旧的大旅行袋。手里拿着一点吃的，看不清是什么，一口一口吃着，不时喝口水。不知道他是刚搞完户外运动回城的时髦青年，还是个捡破烂的。最终我判定他是个流浪汉，因为旅行袋里全是他捡的饮料瓶。

他坐在地上，昂着头看电影，又吃又喝，从容极了。

电影里是年轻的袁咏仪，不是《新不了情》，或许是萧芳芳和袁咏仪主演的《虎度门》。

开封鼓楼有家“大红灯笼戏曲茶社”，每晚七点半，有豫剧演出。演员很多，从前豫剧团长，到80后的姑娘，几乎一个豫剧团都来了。不唱戏时，就谦卑地向客人递自己资料，请你点戏，一首50元。我们一首也没点，但喜欢的，会用力鼓掌。他们听到，下台后走来跟你逐一握手，顺手给你把茶水添上。我在苏州茶楼也听过评弹，评弹演员更矜持些，戏单有服务员递，更不会为客人倒水添茶。豫剧演员和豫剧一样，都有一种苦涩的东西，河南也是。

有一位叫刘宪生的（似乎是这个名字），好像唱红脸须生，开始我把他当成收门票的，他也递资料，递得很低调，我始终没把他跟那个化妆照上的人对上号。后来他上台唱了一段，他的嗓音略带喑哑，但能唱到极高，好像“一个人在深夜抚摸着自己的祖传宝刀”，这原是郭小寒形容李志的，但我回想他的演唱，好像只有这么一句话合适。他唱的不多，或许点他戏的人不多。不唱的时候，他站在后面，又恢复为跑堂的神色。

北京，东直门地铁站。他盘腿而坐，草帽盖住眼，露出一个瘦削险峻的下巴，身上淡灰色衣服既不是当代，也不是古代，而不知道是哪个年代的风格。一条深蓝色长布垫于琴下，琴长一米多，如一柄长剑。凝神定气，似衡山莫大先生漂泊至此。拉起来方知是豫剧，穆桂英挂帅之“轰隆隆三声炮”，他拉得投入，头部一甩一顿，一唱三叹。一曲罢，工作人员赶他走，遂收琴。原来他拉的是坠胡。山东人，拉豫剧。我问能否拍照，他下意识理理头发：拍我做什么，我不好看。我老了，不中用了。举止间竟有几分羞涩。他恍然不知自己身后，是新上市的照相机的广告，有美颜自拍功能，是万千都市女郎的新宠。

香港，弥敦道。行人如潮，车水马龙，在这嘈杂里，头发花白的她，对身边繁华恍若不闻，坐在地上，拉一个民间乐器，似蛇皮三弦，声音几不可闻。乞讨的碗，夹在铁架子上，大概是让争分夺秒的港人不必弯腰就可投钱。没人停下脚步。她拉两下，伸手到跟自己一般高的碗里摸一摸，碗是空的，锃明。我勉强才能听到她拉的似乎是戏曲，也许是南音。她又一次伸手摸碗时，摸到我放进去的硬币，忙一迭声说谢谢。

生活万马齐奔，你无法做一个在街道上看风景的人，一旦止步，即成为人群对立面，要承受汹涌人群的横冲直撞。似乎，唯有滚到路旁匍匐在地，才能躲过。许多人匍匐下来，立刻被甩出轨道。时代的高铁轰轰隆隆驶过之后，路上都是掉队的人。因为掉队，他们反而获得自由，失败的自由、绝望的自由、孤独的自由，这自由穿过他们身体，犹如风穿过竖笛。他们缄默不语，又诉尽心声。

2014-08-04

沉默的年轻人

我的朋友不外两种人：比我大一些的男人，和我同龄的女孩。他们都没结婚。

有个男人曾跟我说：他要攒钱买一套1万块钱的音响———那时还没DVD、VCD，音响只能听CD。那时钱还值钱，一万块是很高级的音响。我看着他说：如果你老婆不乐意呢？他说那就换老婆。

那时的发烧友专指对音响软硬件有研究的人，他们大多物理技术过硬，热衷在斗室中被音响轰炸得五马分尸。

好多年过去，那个人还没结婚，我们在网上又碰到，他说以前只发几十元工资时，可以花17元去买蔡琴的《伤心小站》，而现在很长时间不买唱片，以前的唱片、磁带也很久不听，直到有天发现，十年前磁带，已变了音质。

他帮小妹装台电脑，没过几天她问他什么地方可以刻碟，她在网上下载了一百多首MP3。他宗教般虔诚地一个月一个月地存钱，郑重其事地买唱片的行为，一下变得可笑。

"是不是我们真的老了？"他问我。

我的女朋友也都没结婚。

除了一个，严格来说，她是我小姨，大我二三岁，初中时，她转来我的学校与我同吃同睡同逃课同买书。她比我有钱，所以我想看而不想买的书都让她买:《家》《春》《秋》《堂吉诃德》《乱世佳人》。我给自己买《基度山恩仇记》，从妈妈给的教材钱里扣，恐惧混合着自豪，在新华书店淡青色玻璃俯下脸去，强自镇定地指：请帮我拿。整个过程有雨天般的清爽凉意。

小姨中专毕业后被家人催着结婚，我们就此通过很多长信，我用克里斯朵夫为榜样，鼓励她不要跟家里那些人一样。她坚持上了两年自费大学，毕业后很快结婚，没有上班，成为她家工厂一名小股东，平日和嫂子姐姐搓麻。

印象中最后一次见她，她要送我把吉他，她曾经想学，终于没能。那天薄有暮色，我敢于斜挎着吉他走回去，看到我，姐姐一呆，说：你背吉他，真好看。

可终于我也没能学会，落一层尘后，又送还给她，这次我没挎，单臂侧举，离身体 60 公分。

她留了很多书在我那儿。

另一个朋友是农村孩子，有几年去广州打工，失去过联系，后来她又回来，在一家鞋厂做事，一个月五六百块钱。她比我略小，在农村，是早该结婚的年纪，可是从没听她提过。上学时，她喜欢看书，喜欢关心国家大事。也许就是这一点点不一样，让她迟迟没有结婚。有年春节，犹豫很久她问我借 200 块钱，那时我已上班，200 块钱不算什么，可对她却不是这样。我一直记得这件事，觉得耻辱，却不知道为什么耻辱。

还有一个是从小认识的，父母早早离婚，她跟妈妈住。中专毕业后，妈妈给她找一家医院当护士，她死也不肯去。有天清晨她来找我，我们坐在大门门槛，咬着她刚摘下的黄瓜，天空呈淡青色，她说一起考成人高考吧，街道上空无一人。又一个清晨，她哭着来找我，身上一片青紫。妈妈和舅舅愤怒于她要离开。

她骑四个小时的自行车去找爸爸，客气地叫那个女人“阿姨”。他给了她第一学期的学费。我说那你怎么吃饭？

去学校报到她是凌晨拎着箱子偷跑出来的，搭车时她想，自己再不会回来。

从那时起，她改了姓。

她念医科，打的工都跟病人有点关系，我总记得她跟职业介绍所的中年女人恳求：阿姨，求您了，我可以干太平间的活，我是学医的，我不怕！

我去过她学校，那时，我还没上大学，看到破碎的玻璃黑暗积水的走廊，想，要是我，一看之下，掉头就走——然而，能去哪里？

那就留下来，陪她去买教材，听她说在酒吧打工，骑自行车上班，被大风吹得蓬头垢面，妈妈生气说这样子谁敢跟你说话；可她会洗掉口红跟同学说，她是从哥哥家回来。

因为课余时间她从来不在，同学之间，相敬如宾；她用站吧台的钱买教材，微带矜持地说这本是专科用的，我现在要用本科了。那时候我心里，竟也是羡慕。

毕业后，她在读书的城市做了一年美容师，现在在石家庄，一个非常寒冷的城市，11月已要穿羽绒服。她说，毕业后，同学们都回家，她一个人在那个省会找工作，想着我绝不回家，可心里空得不得了……直到进了一家美容院，同事们对她都很好，才稍微地，缓了过来。

去年，我毕业，8 月的北京，我忽然知道她说“缓过来”是什么感觉，而她说的时候，我永远，永远不知道她有多么疼。

同事给她介绍一个男人，比我们大九岁，她想应该忘记恐惧，跟男人交往。不知道她现在怎样，她后来回过家，回去看妈妈，可别人会奇怪她这么大还不结婚，她不想听。

她的最后一封信，跟我说她抽烟了，让我千万别生气，高兴时，烦心时，无师自通地就学会了。而我怕后者状态会多一些。

我们再没通信或电话，我很想告诉她，我也学会抽烟了。

最后一个女朋友现在在上海，写到她，忽然不知道说什么好。

在我记忆里，她永远是那个听不到喜欢的电台，就到月亮下坐着发呆的女孩，她的笔迹秀气含蓄，每一封信都像一篇散文。

看了她的“一个人住，早上起来不必叠被”，我就学了来，这样，晚上回来的时候还有余温，摸上去是暖的。

她也不结婚，我不问为什么，那就像问自己。

为什么？

也许是，我们不那么确定，对自己，对生命，也许只是模糊的一点期待，而你并不知道，不知道那是什么。

说我爱你，如此卑微，怎么肯。

怎么能。

同事说，他打算结婚，否则就再也不会结了。

他在怕什么。

2002-02-02

后记

写这篇文章时，DVD 还炙手可热，新街口碟店是北京文艺青年的圣地，每周必去朝拜。如今，DVD 已成濒危物种。

关心国家大事的农村孩子结婚了，孩子已老大。发现我不想要孩子，非常诧异；听不到心爱电台就在月亮下发呆的女孩也结婚了，在网上，我一度给真真、小青写过许多长信，真真、小青都是她，我们的联系越来越少，少到我不知道她现在有没有要小孩。

那个跟我一起坐在门槛上吃黄瓜的姑娘，被我写成一个短篇小说《少女哪吒》，十几年前，最后一封她的信来自石家庄圣梦化妆品公司。一度我在网上搜索到这公司的招聘启事，那个 TXT 格式的“石家庄圣梦”，在我的桌面放一年多。里面的电话，我始终没有打。《少女哪吒》被我的朋友李霄峰拍成了电影，也许有一天会在银幕出现。不知道她会不会看到。

至于那个音响发烧友，我们失去联系已久，但我从风行水上老师那里听到他一个朋友的故事，活脱就是这个发烧友系列的姊妹篇。风老师也有一位音响发烧友的朋友，因为痴迷于 HI-FI 音响及古典音乐，与老婆争吵不休，后离婚。离异后，他渐渐对音响也淡了，如今常常只拿个小收音机在耳边听听，只偶尔，神光乍现间，在切菜百忙中回身向他们解释：刚刚是谁的音乐，某某指挥家的版本。

给我一碗阳春面，给我一座静安寺

七月到上海，见到两个女朋友。

跟其中一位喝茶，她问："是第一次来上海么？"

"上一次，是 2001 年 4 月份。"

"记得好清楚啊。"她微笑。

她想辞职。想在家待一年。这次轮到我笑。曾在编辑部极力拥护一个专题：假如一年不工作——我举起双手说：做，做，冲这个标题无数人都会买。而私心里是循规蹈矩里的一点点妄念：假如，假如一年不工作。

专题终于没有做，此刻，听着对面女友安静地说着她的梦想。太知道，说着工作只是工作，可当有天，它面目全非非自己可控制时，心中的惊惧。太知道，当碰得头破血流时我们只是想有个地方，可以让我们回去。

可是真有这个地方吗，真的给我一年时间不用工作，我该做什么，我能做什么？就像无数次想自己若中了 500 万——难道可以长生不老？

大中午，从静安寺地铁站出来，阳光大雨般倾泻。

呆一下，拉住一个人问：静安寺怎么走？

指我身后，静安寺赫然在目。又茫然。不，我要找的是静安寺附近的常德公寓，1942 年到 1948 年，张爱玲长居此地。

太阳下走了许久，不知道找什么。或许只为这么好的一个词组：静安，放一起悠长冲淡，仿佛这么组合着已经过了几千年，还可以继续过上好几千年。

中文这时候真好。

静安寺宽敞的佛殿里，一个年轻女人孤零零地跪在佛像前。为生活，为爱情，为家人健康？一个人跪下去的姿势总让我心慌，那是放弃一切，彻底投诚，把自己交给佛、基督、观音、太上老君——你不知道会有什么降临。

连张爱玲这样明白人，也曾发愿：愿使岁月静好，现世安稳。

或许她许愿时，已知愿望的虚妄。

她和苏青，原来并不十分熟络，却也在一起谈男人女人感情社会，看着阳台外落日缓缓沉下。或许她不过和我们一般无二，不过是萍水交情，因为城市太大，夜深，或者一起抽烟，看起来也就像朋友。

而我，真站到佛像前，全部的心理还是拒绝，拒绝跪下，拒绝许愿。因所有渴望都只是无常。

心荒了那么久，我不习惯想念一个人。

中午，去看另一个朋友。

扯得远了，回到 2001 年 4 月的上海，我们都已离开生养之地，作为两个旅人在异乡重逢，仿佛来不及了地说话，急促地交换过客的心得。而你说得最多的，是那个万里之外的男孩。真真，我和其他人一样以为你喜欢的也许是他身上的附加值，直到看到他的照片，我忽然胸口一窒，是我们都喜欢的笨拙相貌，以为这样外表下会有颗宽厚的心，而我们多需要流离路上任何地方来的一些安全一些稳定。只是，我端详玻璃窗外这城市，干净、祥和、优雅、冷漠，只是这个时代，男人也是要寻找树的，而我们不过是连根拔起的植物。

我懂这一切，因为到现在我都没有购买唱片或任何心爱物件的习惯。在找到一个可以确定明年后年收信地方之前，我又拿什么来谈一场恋爱，哪怕只需要一点点真心？

这是上一次去上海的文字。我写时大哭，你看时大哭。

我那么清楚记得上一次到上海的所有。

真真，我开始买影碟了，不过几百张吧，比起别的电影迷算少了。可是对我，是完全不一样了。

生活对我们，好像刚刚开始。我是说，复杂，现实，庞大。表面上，我们过得更好，哭得更少，更坚强，心却硬了。

午饭在虹桥人家吃，我对上海式的精致装修表示仰慕，而我想念的是上一次，你请我吃的阳春面。喜欢阳春面这个名字，喜欢面的内容简单到极点，却自成体系，饱足完满。

也许我惦念的是两块钱就能吃饱的简单生活。

我们谈各自男友及困惑，嘿，上一次我们谈什么？记得你忽然轻轻唱歌，而我自然而然一起和。

也许南方二重唱对我们来说已过于青涩，像五年前那条绿格子长裙，眼睁睁不能穿来配我不再天真的脸。可是写到你这段，真真，我心里总是来回哼那首《相知相守》，“你说梦在路的尽头，未来不该在现在停留，一转眼，又已过了春秋”。这么朴直的道理，像阳春面。

写了几百篇文字后，第一次写文字开始平心，朋友说我以往的文字好就好在总有不平气。如果已经回不到吃阳春面的过去，如果未来生活的现实嘴脸必须要层层展开，如果面孔必须衰老，如果到最后，我们必须和其他人一样，和每个人一样。

很小时候，我们并不知自己要的也许只是碗阳春面。

音乐与天真的幻象熄灭后，剩下是无尽长路，多的是平凡，少的是痛苦。又或许因其无常，我并不知是什么在等我，在下一个转角。

第一次在结尾试着感激。感激生命无常，感激不完美的你我，感激孤僻性格如我，可以在拒绝祈祷后仍心怀感激。

2003-08-01

假如明天来临

小青，我在回北京的火车上，给你写信。餐桌油腻，衣服很脏，窗外景色萧条破败。黄河大半干涸，露出宽平河床，然而仍有庄严肃穆的美，像一名家道败落的名门之后，举止之间却仍是磊落大方的。

在家里，姐姐说："这条丝巾怎么也不要了？"——那条质地很好的桃红丝巾，和那件黑大衣一起是一个女朋友送给我的。女朋友出国后失去联系，而这两件衣服就跟我一起度过初到北京的两个冬天。

我看它一眼，说"不要了"，或许因为它看过我太多眼泪，太多喝醉后的呕吐丑态，或许因为它颜色太亮太媚，不适合我此刻的心境。或者，它只是无意被我塞到送人的袋子里，但我只是不要了。我总以为如果行李够轻，我们就可以去更远的地方，甚至飞翔。

春节回家——不记得这是第几次在文章里写出这四个字的组合，每写一次，就是一年。可是没有哪次像今年更让我觉出自己是家庭里的陌生人。家人还是亲的，但那亲不足够让我多待一天。明白这一点后我就走了。人与人的缘分不过如此，即使亲人，即使爱人。

我知道，握在手里的终会消失，拥抱松开原来是满怀尘土，我不知道为何每一次得到仍会欣喜若狂，每一回失去又会撕心裂肺。

小青，你说你又去吃两块钱的凉皮，在我们经常光顾的摊子上。

凉皮很难吃，你没吃完就放下了碗。会不会凉皮一直是这个味道，只是我们变了，我们的记忆行李里就再也装不下这碗凉皮？

在老家，我们一起吃饭，六个高龄未婚男女，忽就想到一个词儿：寂寞之心俱乐部。我复述同学电话里说“早结婚了，孩子都六岁了”时我的惊愕给你们，哈哈大笑。

不结婚的人是不是都有一颗寂寞难耐的心，一个不肯循规蹈矩的灵魂？是不是因为我们的心还没有找到平静，还没有说服自己就此停息。我们以为自己还可以随时开始另一种生活，到另一个城市，以另一种心情。

就像那些踟蹰着不肯在漂泊地买房子的人，他们假装自己还可以拔腿就走。我只是不知道自己要去哪里。

小青，在老家时我们总以为这县城太小太小，容不下我们激烈放肆的心。我们长途迁徙像蜕皮那样撕掉过去。可是你有没有发觉我们只是换到另一个壳子里，或许更大些，或许更繁华，而想象中的精彩置换为眼前这间办公室，我们在其中，乐不思蜀。

总有偶然片刻，我忽然觉得上当受骗，仿佛造物主出了一道欺骗性的逻辑题给我，疑惑只是疑惑，我好像再没有力气拔腿就走，因为这里就是我曾经渴盼的远方，是我自己拳打脚踢挣得的，是流过眼泪选择过的生活。

所以，再见，愤怒青年，再听到有人激烈讨论地下电影另类音乐，我不相信自己也曾对这些如此热烈；再见文学青年，文学是“不在此处”，而我已接受此处秩序；所以我还没买房子，但已开始存钱；还没结婚，但已惶然；还不肯像别人劝我那样一步一步向上爬，但已随时准备放弃自己，放弃原则，假如，明天终要来临。

我们笑那两个恋物癖，他们一个购买整套的歌手全集，一千多块钱的正版 CD 整套整套买回家落灰，他们有了磁带买 CD，有了 CD 买 VCD，有 VCD 买 DVD，有 DVD 买 D9，他们买进口版、国外版、香港版台湾版，他们买第一版、精选版，版与版的差别或许只是封套不同，或一首歌的有无。提到任何一张音乐或电影，他们总是率先举手："我买了……"但是没有时间看，因为他们忙于进行下一次购买。

另一个长得像陈升的家伙，他疯狂刻录 MP3，家里一打一打都是刻录盘。他搜集各种偏僻的不为人知的老歌与古典音乐的版本，像考证癖穷其一生考证一本古文书的标点。活该的是，他的刻录机终于被他的疯狂行为累垮。那他终于可以停止刻录，来听听自己刻的这些 MP3 吧？不，他的光驱也坏了。更重要的是，这家伙要结婚了！这个疯狂喜欢古典音乐的家伙，试探着跟未来老婆说：结婚后咱买一套好一点的音响吧？老婆大人说：好啊！买套好音响就可以在家唱卡拉 OK 了！

听到这里我们哈哈大笑。

这就是"明天"的含义吧？在那家伙以为"明天"就是一套发烧级音响和无穷的古典音乐，但明天或许是一个老婆和煮饭拖地；在我们以为，"明天"曾经是校园民谣里的流浪歌手和北斗星的远方，但明天原来是一间几十平米的办公室，给我们提供口粮，以及社会的容身之地。

我有什么资格笑那两个恋物癖呢？喜欢一个人时，我不一样紧紧抓住，哭笑不放吗？谁有资格嘲笑无常人生里这些蒙着眼的幸福，片刻的安宁，短暂的希望？它们不都带着为人生照亮那种事物的气象庄严，静定喜悦吗？

那些失去联系的种种告别，总比如寒冬十二月，晨起践严霜，提醒我人生的悲多欢少，去日苦多；而拥抱的片刻，写字的此刻，却是旅途中的站台，是动荡中的宁定，是墙角与墙角一瞬间的交错，温暖且伤身，伤身而温暖。

2004-01-27

凿壁偷光的人

2001 年秋天一个晚上，我在北京一块草地上看了《站台》的首映，身边黑压压坐的站的全是跟电影沾点边的青年。那时候我刚刚来到伟大首都北京，那时新浪的“影视论坛”、西祠的“后窗看电影”等 BBS 仍聚集着一众电影超级 fans，那时我们见面谈论的全是电影。那时候，生活仿佛刚刚展开，未来一切，如梦如电。

看完《站台》后，大家只是说些与电影无关的闲话，或者陷入沉默，就这么走出去老远，却又没有人说要散场——后来我知道，这是一种属于好电影的气味，它的气场震慑得我们至少有两个小时心神恍惚。后来坐到酒吧后，终于还是谈起来这部电影，还因为观点上的分歧争论得互拍桌子。忽然，身后的酒吧歌手朝着我们这桌大声唱起《站台》——你可想而知我们那一瞬间的震动——“我的心在等待，永远在等待。我的心在等待，永远在等待”，那属于八十年代的粗野和不羁终于打破震慑，我们开始大声说笑，然后分手。

要把一个三个多小时的电影放进碟机，就算对电影爱好者来说也是一个考验，所以那晚之后，我再没有看过《站台》。它当然不是那种能娱乐人、看完像泡个热水澡一样轻松的电影。可我也从来没有忘记那里面那么多人十年的青春，他们像我一样，像这个时代大多数的人们一样，从一个奇怪的年代走到另一个奇怪年代，怀揣巨大梦想，然后是不断的失望与修改。

后来我采访贾樟柯，印象最深的是他忽然问我："你相信我有仇恨吗？"我不假思索答："有。"——要有多大的动力，才能拍三个多小时的艺术片的电影？而且仅仅是从电影学院毕业后的第二部电影？

再后来，三四年后，我赶着一场大雨去看他新电影《世界》的首映，贾樟柯看起来像个热情的新郎官一样在自己电影的首映上与各色人等周旋，几乎还要与赵涛小姐一起唱歌并跳舞（如果按照主持人热心提倡的话），并在接下来的一个月里陷入无休止的回应诸如"《世界》是否妥协之作、是否票房毒药、是否才华衰竭……"，离开他熟悉的山西乃至汾阳，他的摄像机对准深圳和北京，尹瑞娟崔明亮们进城了，但何处是他们的安身立命之地？——在昨天与今天之间，在变革的大风道里，上哪里寻找这样一个立足点？很明显，没有人有正确答案；而四年之后，当初一起在BBS上码字的那些超级电影fans，要么混到媒体，做鸡零狗碎的勾当，要么在偷偷考北京电影学院研究生未遂后洗心革面，回到正常轨迹，并从此踪影不见。

"是否，这次我将真的离开你，是否，眼泪已干不再流"，当《站台》的尹瑞娟在无人的办公室里随这首歌沉默跳舞，出外流浪的崔明亮张军在陆续地回家，尹瑞娟准备嫁给自己拒绝过的男人……当所有的人都在回头，毫无选择地抛弃曾经的梦想，罗大佑的这首歌比任何时候都更不像一首情歌。

大风中走路的人，不仅被狂风吹离昨日立足之地，也要做好准备，随时会被摧枯拉朽地拿走现在所有，从这点来说，山西汾阳或北京，七十年代或二十一世纪其实并无不同。怀抱梦想，即将自己置于失败之地。犹如囚徒，凿壁偷光，这小孔无法逃生，却能用来神往。但生命之火如此有限，生活之墙却绵延无尽。也许破壁之后，却是另一间囚室……徒劳无功，梦想的跑道，中途倒毙的都是徒劳无功者。好电影不会轻易过时，艺术提取于徒劳无功之灰烬，并在若干年后变成另一批人的火种。

四年后，我打开碟机，在一个暴雨如注的下午重温《站台》，当崔明亮的名字出现，所有狂爱电影的朋友们的脸，那些凿壁偷光者，都被这一个名字，轻易复苏。

2005-06-15

改于 2013-01-26

后 记

2001 年刚来北京时，我混电影论坛，身边全是电影狂热分子，聚会时，侧耳倾听，每一桌每一组都在谈基斯洛夫斯基、费里尼、伯格曼、黑泽明、安东尼奥尼……许多人攥着剧本，等待投资。更多人带着“一切事物将被重新评估”的豪情，在候场处，迫不及待等待上场。空中鼓荡着变革气流，黄金时代马上到来。

在我写这篇文章的 2005 年，我跟他们已经很少联系。只知道，一部分人进报纸或网站，当娱记、跑会、拿红包，做着离黑泽明们十分遥远的事情。更多人音信全无。而我自己，梦里都在讲英语、跟人谈工作，我关闭自己的“写作”“音乐”“电影”频道，因为它们不现实。

我们看到过的透明发光的空中之城，原来不过是海市蜃楼。

这篇原标题是《在大风中走路的人们》，是一个简单的感慨：看吧，梦想原来这么脆弱。怪这个时代，它跑得太快，变得太狠。我们都被刮得无处立足，失去梦想。

2013年，再度面对这篇稿子，当初那批朋友，又星星点点出现。他们有人开公司，筹备做电影。有人成为知名编剧。有人在多年外围工作之后，策划的电影已上院线……不再闪耀，他们成为电影工业的小兵小卒。再见面，嘴边不再挂着大师，脸上有了老成。在迷宫一般的生活中，犹如植物趋光，他们本能趋向电影。梦想的伏线如此之长，不以月计、不以年计，而动辄十年。更年轻时，梦想对于我们，是奢侈品；如今，梦想是一个朴素的事情，需要你同样朴素踏实地完成。

我改写了这篇文章的最后两段。梦想的本质是凿壁偷光，光不能使你解脱于囚室，但令你精神自由。至于半路上那些失望的人，凿穿墙壁发现另一侧仍是囚室的人，我不再敢于断定什么，梦想的伏线，可以长如一生，不走到最后，不知道结局。

曾经以为我的家，是一张张的票根

曾经以为我的家，是一张张的票根。谁还记得这个老男人，没错，我说的是姜育恒。

在有限的年少时间我不曾喜欢过他，他太沉稳太含蓄，远不如优客李林让我心驰意往。可是最近我却一遍遍想起他，具体是，想起这句歌词。

在整个八十年代，姜育恒和王杰们有着浪子的心，流着流浪的血。他们一遍遍出发，从小小半岛，辐射到大陆，感动着一个个不安的灵魂。曾经以为我的家，是一张张的票根。他们的票根应该是火车票。

那个时候，听歌的少年如果想流浪，大概也是坐上火车，那也许是他第一次出门，奔向没到过的远方。很长一段时间，火车一直充满着某种意象，使诗人画家摄影家频频书写。

而在火车之外，自行车是家常生活的交通工具。笨重的黑色“永久”二八加重自行车是父亲的标志，我在那时养成习惯，先坐上后座再让父亲骑行，于是学不会跑着跳坐。父亲姑息了我，在日后，这使我有出众的笨拙。

那时父亲从外面下班，总会从自行车的兜里掏出新鲜的西红柿、玉米、红薯等，在我眼里那是个奇妙地方，手伸进去总能掏出来一些惊喜。那时他正壮年而自信，我尚且年幼。

那时我渴望看到火车，每一个陌生的地名都让我兴奋。

很多年后，在北京，在一个露天的电影院我看到《站台》……

很多年后，自行车变得漂亮而廉价。可是，如果我不曾在它们笨重而贵重的时候拥有过，它们对我就一钱不值。就像我现在，已经不需要手表。可是我怀念父母枕边结实而宽大的手表。

很多年后，地铁成为摄影家或导演喜欢的场所（而你注意到此处诗人和画家的缺席），它冷漠宽阔，有车来时冷风呼啸，它貌似火车但旅程微缩固定。它满足城市中人们拥挤而隔离的需要，满足我们对文明的需要，它代替火车与自行车，代替所有不切实际的流浪，心有不甘的幻想。

到十七岁时我才学骑自行车，父母在身后为我扶住车把来回奔跑。那时不远处有一首歌不停地放，是车继玲《最远的你是我最近的爱》，一个好听的男声反复地唱“那人生风景在游走，每当孤独我回首，你的爱总在不远地方等着我”。

然后就离开家，我再也没有机会，没有必要骑自行车，而在地铁和的士的换乘空隙，某一个失神空间，发觉过去以一种飞奔的速度离开我，包括自行车以及它携带着的深厚过去。我发觉其实没有什么在身后等我，包括我彼时壮年的父亲。我们曾经相爱的记忆。

曾经以为我的家，是一张张的票根……你知道吗，很多年前令我热血沸腾的那些人，那些歌者或演员，一个个，都出现在面前，问姓惊初见，称名忆旧容。真的，我好像很多年前就已经见过他们，在一个个长夜披衣起秉烛游；可是分明是迟了，迟疑着，迟疑着，终于想起，是第一次见，却是太迟的一份青春，在许多年后，向我报到。

不约而同的遗忘

1995 年，十七岁的我在学骑自行车。

那么笨拙的身手，一遍遍跌倒和爬起。

好像人越大，越不能跌倒——伤的不仅是皮肤，还有自尊。

总是妈妈在身后给我扶着车子——如果是父亲，我就不停惊惶后看，因为，他扶得那么漫不经心。

在那之前，我习惯大步走路，而在学成之后，我爱上骑车，当风穿透身体清凉彻骨，当两手张开如扶摇双翼，当雨中疾驰激起一地白花花身后浪，生活也有了某种可能性，我仿佛可以去更远的地方，去更多地方。

我终于可以骑车上班，却发现，一切都没有改变，包括值班室那块黑色皮子，每天拖两次，上班一次，下班一次，总有一天它会被我拖到发灰泛白，像我届时头发。

我用一年时间学会骑车和说服自己，我以为，会在那间值班室终老。

却仍然会一次次跌倒，冲向地面时，是整个大地都覆盖上来的茫茫绝望，这走不完的万里路，仿佛，一生的路会在某个时刻都断在面前，仿佛，在某个时期要走完一辈子的路。

傍晚，下班的尘土中，总有家磁带店远远地播张宇的歌，不是

《用心良苦》，他的成名曲那时还没出现，他唱《走路有风》，动荡的旋律不安的歌词：

为什么生活会如此纷乱，
平静是我最奢侈的梦想，
谁可以告诉我一个地方，
我不安的心可以获得解放。

听到也没什么，只是沉默。

总有一些歌手在寻找那不存在的故乡，你幻想你跋涉你以为那就是你的天堂，在那里，你再不会和别人不太一样。

时间过去七年，张宇成为千百个歌手中一员，和我的生活不再相关。

而在北京这庞大的城市，我再没有骑车机会，既然没有一个家可以给你放自行车；在公车与出租的换乘间，我的双脚和大地失去联系；我说过我的包里总放着一支钢笔，可是它丢了，我和从前生活最后一个信物自此别离；我买许多电影与音乐光盘，只是没耐心去打开它们；我跟女友们轮流抱怨工作并轮流喝醉，在恍惚中我也许会唱歌，可那不是音乐，就像现在的生活不是天堂。

也许并没有天堂正如本没有故乡。

有天在办公室又听到《走路有风》，是别人从网上下的MP3。下班后我去买这首歌，张宇人气一直不错，盗版精选碟占多半个货架，我只是找不到这首。

盗版商和张宇和我，不约而同地选择了遗忘，张宇含情脉脉地唱：“我没有一点点为难，我只是有一点难堪，连我自己都没想到，能说忘就忘。”

在公车上一晃一晃地看书，一句诗闪进眼底：“四海皆兄弟，谁为行路人”，忽然，我仰起脸，原来你我皆是行路人，在时间的阡陌荒凉，在一路的抛弃遗忘。

“我有一樽酒，欲以赠远人。愿子留斟酌，叙此平生亲。”

2003-06

只有你知道我的迷惘

1992年我在上技校。课本上往外蹦的都是干巴巴带着静电的词儿：高压电、涡轮增压、线圈电流……这些词完全不进入我的记忆系统。最大的慰藉是跟朋友互相写很长的信，除了开头一两页，后面十几页全是抄书、抄诗、抄歌词。那时大家都穷，买到一本书，自己看完，就很小心地走平邮，传给最好的朋友看。但每个月也只能买一本书。所以这封包着书的平邮，如果路上丢了，就会悲痛万分。周末晚上，跟宿舍女孩去跳舞。穿着十几块钱做的黑裙子，化了妆，粉很劣质，一边走一边感觉它在往下剥落。深夜回宿舍，照照镜子，把脸洗干净，连舞厅也不去了。那两年，世界于我，是一个黑白默片，我经常听不到别人叫我。这时听到BEYOND。

街头的磁带店，十块钱一盒。盗版七块。他们的是七块。一个钢琴前奏，清冷如雪："今天我，寒夜里看雪飘过，怀着冷却的心窝飘远方。风雨里追赶，雾里看不清影踪，天空海阔你与我可会变。"

我写那么多，试图使你知道，音乐响起，鼓和贝斯，重重的节拍合着心跳时我的感受。那时没网络，对一个遥远歌手的了解只能靠磁带封面，印刷模糊的一张四人照片。我努力分辨，也无法知道谁是黄家驹。但他们的歌，像一个午夜太阳，清冷冷灰蒙蒙地出现在我更加灰暗的生活里。虽是冷光，仍有温度。

1996 年。用工资买了当时罕见的 VCD 机，三碟连放，5500 元，是我生活中的奢侈品。看演唱会。这时候，才知道哪个是黄家驹，原来不是那个长头发的。歌里有些词反复出现：空虚、灰色、被逼、挣扎、唏嘘。那正是少年荷尔蒙最旺盛时的共通感受，用一句他们的歌词形容就是：总有挫折打碎我的心，不会放弃高唱这首歌。你要问：不放弃什么？我答不出。我只知道，活着不止眼前所见，一定还有另一种。那是他们在音乐里制造的一个“远方”。

短头发的黄家驹，抱着吉他在舞台上欢乐地跑来跑去，跟人飙琴，他穿一件金色背心，汗一滴滴落在棕色的皮肤上，也是欢乐的。

我身边的年轻人，没有不喜欢 BEYOND 的。表弟借走 VCD，很快，隔壁响起他大声跟着唱的声音：“我们虽不在同一个地方，没有相同的主张，可是你知道我的迷惘。”

同年，因为有 VCD 机，家里开了露天卡拉 OK，记得是三块钱唱首歌。表弟雀跃道：太好了！把 BEYOND 拿去放吧。我感觉被背叛：这怎么行？！他困惑地：可是……那再买一张好了，拿新的去放总可以吧。但对我来说，无关新旧，这音乐是神殿，怎能用于卖钱？

还是被拿到街头播放，点唱率超过张国荣张学友刘德华。无聊的男生们骑着摩托过来唱首歌，骑上车沿县城转一圈，再回来唱。这是他们下班后为数不多的娱乐。县城的生活是很枯燥的。唱这些歌时，平时愣呵呵的男孩子，紧紧咬着挣扎、愤怒、空虚、自由这些词儿，手攥成拳头，一下一下地重重挥舞，脸变得有些狰狞。这时他们真好看啊。

2012 年，看王小妮《上课记》，她的学生很多来自农村、县城，读过的作家里排名最靠前的是路遥和余秋雨。后来她发现，只要放 BEYOND 的歌，大家冷漠的眼神会集体闪亮。我想象那画面，以及那些，不曾谋面但已知道他们过去的少年，他们的空虚、愤怒、挣扎，他们的远方在哪里？我该为黄家驹仍未过时而欣喜，还是悲哀？

很多年里，我为成长的贫瘠荒凉耿耿于怀。为什么，我不能在小时候就听到莫扎特，看到《红楼梦》与《百年孤独》？但这就是命运，给你什么你只能双手接受。年纪渐长，我开始想荒凉何尝不是一种营养。当然，它不通向优雅光滑的人生，但它给予的粗粝中饱含力量。少年时，上天没给我莫扎特，而是黄家驹，但我同样喝到了生命最初的那一口水。对一个少年，这就够了。

2012-11-12

我的苍蝇

有两只苍蝇在厨房的百叶窗上。我举起电蚊拍。第一只应声而落。第二只黏在电网上，我一直按着电钮不松手，直流电造成的火花闪两三次。松手，它也跌到桌子上。

头一只没死，这时，让我震惊的事情发生：它跳两下，扑到第二只苍蝇的身上，不动了。它在想什么？哀悼？苍蝇也有这样的感情吗？我一直看着它。很久，久到我以为它也死了。

没有。大概五分钟后，它慢慢从死苍蝇身边爬开。这之后，它就没有一点迟疑犹豫。它不能飞，就爬到一个较高的地方（是我洗完晒在窗台的化妆包），从那里可以跳到百叶窗上。刚刚它们就是躲在那后面。它比画一下，这么近的距离，如果它没受伤，一拍翅膀就过去了。但现在，它踌躇不决。

它开始活动“六肢”。苍蝇最前面的两只前肢，异常灵活，像功力深厚的旦角要水袖，肩膀发力，直达指尖，力道如波浪，一波波传递至最末端的那一个尖。它轮流甩左右前肢，同时两手快速互搓。它还会双臂互相按摩，像人一般：左手由上而下按摩右臂，再换右手按摩左臂。川流不息。从我的角度看，几乎像在软绵绵地跳舞。做完这一切，热身到最后面的两条腿。后肢向后蹬，像人要跳远前做热身一样：一只脚踩住地面，另一只后空踢；换个边，重新踢。

轮流多次。最后，它像下了决心，紧紧地用两只前肢抓紧地面，后面两腿同时踢起来，像一个人在做前空翻的那一瞬。

然后，它又一动不动。过很久，我再去看，还是一动不动。

我以为它死了。我蹑手蹑脚，屏住呼吸，忙忙碌碌又打死两只苍蝇，尸体带着噼啪炸响的火花和微微的焦臭味掉在它身边，它从静止中动了起来。还是那套程序：活动前肢、双手互搓。后来两手交互抬起，有一会儿，看上去，它几乎是在狂怒地打自己的头，用两只手。然后后肢，前空翻，后空蹬。

看了一分多钟，终于明白，它把两条后腿空蹬不是为了“热身”。它灵活地反勾到自己光溜溜的背上，顺着背往下捋——它在找自己的翅膀。它的翅膀，在电击中失去一大半，只有左边残存一点，被烧得蜷曲起来，像一小块互相黏住皱巴巴的透明胶带。有时它的左腿碰上这块东西，脚被绊一下又徒劳地滑到地面。它知道这皱巴巴的东西就是它的翅膀吗？它一次又一次倒立，两条后腿发疯一般地在光溜溜的背上徒劳地寻找已经不存在了的翅膀。多像失去一切，旷野呼告的约伯。可我不是上帝，我摧毁它的身体，可能还有它的伴侣，却没法还给它更好的替代品。

我意识到，它狂怒地打自己的头，也是在找自己的翅膀。用手找不到，就用脚。

失去华丽的翅膀，苍蝇看上去灰、黑、瘦。

几个小时后，我又去看它，它躲在百叶窗的阴影里。我想它大概是死了。拉开窗帘，它迅速地钻出来。我吓一跳：它左边的翅膀，已经又圆又大，完好如初。翅膀是被自己拽平捋光的、用它屡屡后勾到背的两条后腿？还是重生功能如此强大？我感到一丝畏惧。是不是下次我再来看它，它连烧掉的那只翅膀也能长出来？

它飞奔。它还是不能飞，但能快跑。它一跳跳上百叶窗，像蜘蛛侠在高楼大厦间飞奔一样，迅速爬行在百叶窗上，速度极快，快到你以为它在飞。

我拿着我那只白色电蚊拍，走来走去，打死许多苍蝇。但每次落拍前，我都凑上去分辨一下，它是不是缺了一半翅膀。我称呼它为“我的苍蝇”。我的苍蝇跟我之间建立了某种联系，我希望它活下去。但别的任何苍蝇对我毫无意义，都该死。

几天之后，今天，我回到这里，百叶窗那里静悄悄的。我的苍蝇，也许终于，真正，死了。它的一生真是疲惫。

2012-11-14

一只好猫

在周庄的“农庄酒店”吃饭，旁边有一只猫，灰白色的长毛，体形硕大，像一只小哈巴狗。右后腿断了半截，在原本是腿的地方，是一截血棍。断肢也许刚过去不久。

它看上去是饿了，给它一只鸡头，过一会儿看，除了鸡的两片嘴唇没有吃，整个鸡头被它嚼碎了咽下去。给它的骨头也都吃了，除了一些大块骨头实在嚼不动才放弃。

它在客人的腿间走动，并不是很怕人，走向下一桌客人时路过我，它轻轻蹭着我的腿过去。它故意的，它是一只跟人很亲，也爱撒娇的猫。但现在，它耳朵周围的毛因为疥癣快掉光了，它拖着一条断腿，它为自己难堪，难得抬头看人一眼，也是飞快低下头去。它对自己的魅力不再自信，所以，就算蹭我的腿，也是非常轻非常轻，好像如果我嫌弃的话，它随时可以跳开，不打扰我。

它吃东西时，屁股微微撅起，右边身子偶尔会大幅度弓起，是为了调整右脚不至于碰到地。它断肢大概也有几天，已经学会不碰疼伤口。

饭店的服务员拿一盘剩下的熏鱼，“咪咪”叫着它。它看一眼，犹豫着，它还是有戒心。鱼放到鼻子下给它闻闻。它舒展身子，一步一步，跟着服务员走出饭店，被关在外面。服务员说，每天打烊后都会喂它。为这句话，我们每次都去这里吃饭。果然，它总是趴在饭店门口。

离开饭店的时候，它就趴在饭店门口的水磨石上，趴成一个圆鼓鼓的造型。它一定很好地把伤腿垫在皮毛上，衬着好腿。它的样子是郑重其事的，看得出来，好不容易才找到一个姿势而不碰疼断腿，它轻易不打算再挪动。

它会冲人叫，张开嘴，看着人，像一只一贯会撒娇的好猫那样，张开三角形、娇小玲珑的嘴巴冲着人——但它发不出来声音。它是一只不会“喵喵”叫的哑猫。它好像没有意识到自己已经发不出声音，仍然在需要食物时，需要爱抚时，表达难为情时，表达感谢时，冲人张开嘴。它过去一定跟人很亲密，曾漂亮、会撒娇、受宠爱，一只好猫。

2011-04-25

陌生人

在垃圾堆里玩耍的人

刘兴惠四岁，眼睛又黑又大，像葡萄，而且不是“玫瑰香”，是“巨峰”，又大又亮，深邃到严肃。她矮墩墩的，像个板凳，被人拎来拎去。第一次出现是在开学，她姐姐带她上学。早读课，姐姐紧张地报告:老师，我妹妹进教室了。我看一眼她，板凳般安静:没事，她又不吵。姐姐还是紧张：不行，胡老师（本地老师）看见要骂的。于是我把她挪到教室外边。

刚下完雪，她和另一个四岁女孩、学前班一男生的妹妹，在大家上课时走到垃圾池里，好像那里是个巨大的游乐场，跟刨食的鸡一起，在垃圾堆里翻翻捡捡。

过几天，我在路上又看见她。一个人在公路上晃，老远，她喊着“老师”，冲我吧嗒吧嗒跑过来(而我知道她的雨鞋里没有穿袜子)，给迷路的我指路，陪我走一程，在岔路口老练地说：老师你走那边，我走这边回家。村里的路，依山而建，台阶高过她膝盖时，她就一阶一阶地往下蹦，她是蹦着从我视线中消失的。

这以后，我再没见过她。她有个几乎从不写作业的姐姐，是我二年级的学生。当我谈到人不是用来殴打的时候，她说，那为什么我爸爸打我妈妈？

不写作业的姐姐，有三个妹妹，据她说，在外面打工的妈妈，今年回家时，又将带回一个宝宝。

不在自己家里睡觉的人

这是隔壁村支教的志愿者给我讲的故事。姐弟俩，姐姐十二岁，弟弟八岁，父亲七十多岁。据说是打过仗的老兵，战争致残，娶不上媳妇，天天到乡里闹，后来给他找个老婆，极年轻，智障。再后来有了这姐弟俩。

孩子小，不懂事，妈妈又不教，家里有什么就吃得干净。父亲年纪已大，农活辛苦，耕完田回家，一看家里没吃的，就追着姐弟俩暴打。打得他俩漫山遍野地跑。

邻居可怜他们，这个接到家里住一晚，那个接济一顿饭，就这样长大。养成不在自己床上睡觉的习惯，如野兽。渐渐邻居也不敢收容他们，吃完喝完，在人家里随地大小便，谁受得了。有个给过他们饭吃的杂货店老板，有天发现天花板往下滴水，上阁楼一看，姐弟俩在这里做了窝，把店里的零食一点一点拖上来吃，地上全是粪便和尿。

再后来，姐姐到乡里住宿念书。每天晚上，她都不在自己的床上睡觉。老师一找几小时。让家长领她回去，可姐姐坚决不回家。于是，不上学，也不回家，她离所谓正常的人生轨道越来越远。

现在，她一个人在乡里生活，这里偷一点，那里偷一点地活着，如一头野兽，只剩下随身携带的四个爪子与一身皮毛，在丛林中独自长大。

唱卡拉 OK 的人

有两个夜晚，学校对面响起卡拉 OK 的声音。我们学校，在吉首市下面的一个乡，乡下面的一个村，村下面的一个寨，在祖国的版图上，是角落地区。入夜后，四下一片漆黑。村民用电很省，极小极小的一个灯泡，被门一关，外面跑不出一丝光线。

在这样的山村，这样漆黑的夜晚，有人用音响唱卡拉 OK，自然是一件特别稀罕的事。似乎不止一个人，唱的歌分为两类：情歌，励志。赵传的《我是一只小小鸟》《我很丑，可是我很温柔》，郑智化的《水手》，汪峰的《北京，北京》。还有一些粤语歌，那当然是在广东打工留下的印记。以前，在城市里听伍佰《挪威的森林》，觉得太流行，可在这推开门只有对面一间屋还亮着灯的晚上十点钟的漆黑里，这首曲子听上去悲气逼人。

唱歌的人，也许喝了点酒，音不太准。但显然，他跟我平日看到的村民不一样。村里很少看到新鲜水灵的年轻人，最好看的是我们学校的孩子，个个大眼睛浓睫毛，美得不切实际。年轻人二十岁就结婚，迅速生育，迅速干枯失去光泽，而就连这干枯的年轻人也很少能见到，他们都外出打工，像候鸟，一年只回来一次。

像许多患有“天才学生妄想症”的老师一样，我对我的学生也抱有妄想，上课时，我为他们每一句别出心裁的造句、无拘无束因而自由自在的语法而惊叹，而欣喜。而那天晚上，我忽然想到，我的学生，或许未来也会在深夜喝点酒，唱这些歌，唱对世界的希望和失望，就像现在这个唱歌的人。

修路的人

我们每周去葫芦赶一次集。要翻一座山，下山的路陡而滑，像个大滑梯，前几次去时，短短一截路，李老师摔了三次。上周又去，下山时发现，这段路有人修过。是用简陋的工具比如树枝，或许还动用了一些泥瓦匠的工艺，砍开泥巴，削成台阶，一阶阶地铺陈下去。那段路，直到现在，还是很好走。

我不知道是谁修了这段路，也不知道他为什么要这么做。三人之中，必有一位菩萨。看到那条在泥巴里砍出来的“路”，我由衷地双手合十，向这陌生人隔空一拜。

2014-04-25

后 记

2013年夏天，整理完这本书稿，我写了一篇跋，因为自己成长中的困惑，而想到“留守儿童”：“和他们比，我的所谓童年阴影又算得了什么？他们被剥夺的更多。我不知道，在没有权威、没有归属感、在没有与父母建立亲密关系的荒漠中长大的孩子，他们的安全感要来自哪里？”

文字是有力量的，写出来的文字，要么已发生过，要么终会发生，这种迹近神秘的定律在我身上不断验证。2013年秋天，看到朋友转发一条微博，说有个公益组织招募支教志愿者。2014年2月份，新学期开学时，我成为了湘西一个山村里的小学老师。

从这本书可以看出，我是一个内向的人，生活很封闭。支教则要面对完全陌生的世界。因此当时一直犹豫到报名的最后一天。那时我写了《撸起袖子和这个肮脏琐碎的世界周旋到底》，写过的文字以它的力量，要求我：如果你真的想知道留守儿童是什么样，你真的关心，那就去。与其坐而论道，不如起而行动。

就这样，我做了一学期的老师。这是我做过的最好的决定。

第三辑　最初的甜，最初的咸

旧时天气

儿 童

我刚上小学时，家里出了件大事。

我们搬进有两层楼的新房，第二层还没收拾利落，叔叔拿块砂纸打磨着窗栏，院子里是一群人，因为新房子而激动得大声嚷嚷。我和那群人的孩子，堂弟堂妹们看电视。

忽然“扑通”一声闷响，院子里嚷得更加厉害，我们把音量开大些，因为太吵。

最后一个大人走过来责骂我们……原来叔叔从楼上摔下来，而我们只顾看电视。

我们一哄而出围在平板床四周（他已被放好，并有人去找车）。叔叔青紫着脸，已不会说话。我们敷衍地看一眼又拥回去看电视。

但平静已被打破，大人不住叫我做这做那，在我看来，他们只是激动地大喊大叫走来走去，没有任何意义。而我因此不能再看电视。他摔的真不是时候啊，我想。我怀着敌意，看那个脸青紫的人，很不高兴。

少 年

叔叔因肿瘤到市里住院开刀，但情况一直不好。

忽然一天从医院打回电话，他梦见门口青石板下有块石头，挖出来他的病就会好。

说的人眼睛放光，听的人欣喜若狂。

堂弟从医院回来后我们就开始干。镐、铁锹，青石板被刨开，掘地三尺。

姑父们干干停停，显是觉得青天白日做这个有些滑稽。停下来抽颗烟，互相打趣两句，谈谈昨晚电视。

堂弟一直不吭声，蹲着把每块土坷垃拣出来丢掉。

“行了吧？”姑父和爸爸已经汗流不止，有些不耐。

堂弟不做声，发狠地拣土坷垃，可是——没有找到那块石头，连一块稍微成型的砖头都没有。

人都走了，坑也填上，堂弟受委屈似的站着不动。

他甚至不懂肿瘤是怎么回事，化疗是什么。也许他只觉得这一切很麻烦，想快点结束快点恢复。而这些成年人却漠不关心，不帮他把那块石头找出来。

他在烈日下站了很久。

青 年

叔叔住院后我一次也没去看过。

有成把理由：要上班，去看望的人那么多也不缺我一个，夏天病房人多反而闷热等等等等。

那天晚上深夜，看病的姑姑们从医院回来叫醒妈妈，隐约听到“不行了”……我忽地坐起来：糟了，我还没去探望过呢。我叫住大姑问能不能第二天一早去看中午赶回来就成——大姑打断我：人已经拉回来了。

我猛地咬住后半截话，为自己的自私震惊。没有人注意我，他们匆匆忙忙地办这办那。

而我，就在夏天的夜，静静地，出一身汗。

舅 舅

夏季到了，听人讲着哪里的刨冰好吃，想起我第一次吃刨冰。

大舅得了血液病，挨过手术、放化疗，渐有起色，就到我家住散散心。

县城里其实闷得很，一到晚上就都坐到电视机前。于是，舅舅对我说：我们去舞厅玩吧。

我吃一惊，还是去了。俩人像傻瓜般坐在舞池旁边长椅背上，看人群转来转去灯光明明暗暗。我很冷淡，但看到十几岁的女孩们低着头小心翼翼地踩步子，还是觉得心里微微一动。青春的气息像暗器一样伤人。

我不知道舅舅怎么想。

他问我要饮料不，我摇头。他沉吟一下，果断地走向刨冰摊，要了两杯。

刨冰是红色，味道忘了。回去的路上，感慨一晚上消费 7 块钱，常来是不行的。

再后来，又在郑州见过他一次。做例行化疗，光头，戴帽子。我们又出去逛街，土包子进城般盯着夜总会、盯着食品房看。而他能吃的东西已经不多。他说，过阵子好点，就去炒股，给孩子攒点钱。说话时，他淡淡笑，又认真，又烦恼。

最后一次见他，是在他家。他终于不用为钱烦恼，为病操心。

五月是个残忍的季节，春天的花凋落，而绿叶却不可遏止地蓬勃起来。空气中充满生长的味道、欲望的味道。人们袒露四肢挤在热风中人堆里，揣着各自的一肚子心事。

其实世界本质就是残忍。只有从临终眼中才能看到美好。然而那时，他已来不及享受。

1998-06-08

家人

那年我放寒假时，奶奶已经病了。

几进几出医院，终于接回家过年。

爷爷有五个女儿两个儿子。这一来闺女儿子孙女孙子外孙儿重孙儿……川流不息。

有天下午我被叫去值班，任务是看着奶奶别让她昏睡中脱针。

我做得很认真，却还是跑了针。奶奶手上鼓起一个黄豆大的包。拔针头，叫医生……我呆呆站在旁边，偶尔有这样念头掠过：最好他们嫌我笨打发我回去，这一下午用来看看书该多好。

我为自己羞愧。

奶奶也有清醒时候，摸出张折子给爸爸。不管用来做什么，第二天，所有的人都知道了。

家人商量半天，决定派我去，让她帮我们解释一下。

那天奶奶房间里人很多，我站在二线位置，近不得身。

终于瞅个空当推推奶奶。

她动一动，似醒非醒，我不能确定她听到了我的话。

于是又推一推，再说一遍。

奶奶忽然睁开眼，空洞地盯着我看。

我嘴一窒，说不下去。

有人进来，我逃出去。

奶奶床头，窗台阴影里放个酒瓶，插两枝月季。一朵开了，一朵没有。不仔细几乎看不见。

猜不出是谁放的。大姑二姑忽然哧地一笑：这老头。

想来也就爷爷会这么做。

奶奶被抬进医院是二十九，初二走的人。房间里月季花还没开全。大家对她评价和对叔叔的一样好：好人，不忍心拖累大家白花钱，干净利落地走了。

爷爷不肯自己住，前院、后院，还有月季花仍在的房间。他要人陪。

一陪半年，众人便也啧言，说自个儿亲人有啥好怕。

我再回家，爷爷的房间与隔壁打通，一半给隔壁住。陌生人影影绰绰地活动在房间深处。

爷爷，终于不要儿子女婿们陪了。

2001-04-19

天上的风筝哪儿去了？

风 筝

四五月，乍暖还寒，花一朵朵地开，风筝一张张在城市上回翔，仿佛季节懒洋洋伸一只手弹着春光，和着满天塑料袋、沙尘暴。

每天出门都为穿什么发愁，宁厚勿薄，这是我的第一原则，于是走到马路上总为自己的笨重羞愧。

时间倒退十多年，跟一家人上山放风筝，爬得一身汗也不准脱衣服。终于到山顶，意思是，终于可以吃鸡蛋糕、喝橘子水。风筝是爷爷扎的，在天上跟满天风筝会合，我不知道它们最后到哪里去了。爷爷爬不动山后，我还继续春游过几次，每次为穿什么跟妈妈争斗：别让我穿得那么厚好不好，像头熊，可是一定要有人说了算，所以小孩拼命想长大；每年都为提前穿裙子斗法，直到上班，我终于，如愿以偿地离开家。

忽然，没有人叮嘱我该穿什么，那么还是厚一些，如果不想生病，不想惹麻烦。

每次看到风筝都会仰起脸看一会儿，它们总是在天上飞，而不像我要穿鞋，鞋子上还有厚厚的灰尘，它们只是无目的地回荡，像一场明亮短暂的暑假。

袜 子

我是个没有信仰的人。如果一定要我信什么，那么，妈妈的东西比我的好，我是知道的。

她挣钱，她比我累，她比我爱美。

上学时常常穿她的衣服到学校，每次都让同学有小小惊诧，比如第一条脚踏裤、百褶裙。

我是所谓脚上生剪刀的那种人，布鞋和袜子总是破的。现在我穿皮鞋，可是袜子仍然双双带洞。春节回家，我问妈有没有好一些的袜子，我的容易破。妈从脚上脱下来，说那是她最好的一对。我穿上，很暖。她的东西到底比我的好。

穿到北京，洗完晒干，我发现那双袜子质料很差，比我的差很多。

它硬硬地挂在绳子上，而我，缓缓地坐了回去。

姥 娘

很久以来我都为自己要说河南话羞耻。

一在许昌上火车，我就只说普通话，即使我的身边都是跟我一起上车的同乡；文章里我叫妈妈的妈妈为外婆，而不是土话里的姥娘。

可是外婆应该是干净、雍容的一个老太太，我的姥娘不是。她很小的时候结婚，她不识字，姥爷却是能写旧体诗的。

姥爷疯一般的要离婚，不行他就死。终于离了，在妈妈二十岁的时候。孩子们都跟姥娘，他们是两个女孩，三个男孩。

姥娘做过工人。冬天用扁担挑煤卖，站在集市上，鞋底磨穿了，脚跟脚趾头踩在地上，脚趾头冻得翘起来。后来做些小生意，卖瓜子卖变蛋。她手巧，还绣围嘴去卖。我小时候穿过许多她做的鞋。但我记事起，她不过是个平常的女人，好像不曾单身把五个孩子带到成年结婚生子。

这个春节回去，高血压半瘫痪的姥娘见我，先是哭，然后笑。人老以后生生活回小孩，我默然。

全家人在外面厅子打麻将，清脆的碰击声传进来，屋里只有我和她默默对坐。若是不能走路，不再能按自己想法行动，我宁可死。

妗子从外面进来，近乎粗暴地给她擦口水，虽然如此，她照顾她这么久。而我这个温柔的，受过教育具有纤细感触的人，在看到姥娘时，脑子里想的最多的就是安乐死。

姥 爷

我没有姥爷，从小到大。

长到很大很大才知道自己也有姥爷，后来也见到了。

姥爷读过九年私塾，年轻时穿呢子裤子，皮鞋锃亮，擅写旧体诗。他看不上又矮又不识字的姥娘，虽然她每天 4 点起床做家务，把牙膏挤到牙刷上才叫醒他。

终于离婚，跟一个能说会道的寡妇结婚。1999 年我妈去看他，看到他和寡妇吵架。那时，姥爷肝上有阴影，每月几十块退休工资，衣服都没人给他洗。2000 年，他搬回姥娘家，他离开 30 年，对子女们也没尽过义务。2001 年去世。他死的时候，我姥娘哭得很凶，哭他没福。

姥娘家现在挂一幅他的大相片，外甥女们说，那是爷爷的房间。

他走了这么多年，终于还是又回到这儿。

姥爷年轻时是个梦想家，老了后，他劝我们要安分："否则年轻时你还能踢能咬，老了你怎么办？"

生活就是这样给人教育，一代一代，可是年轻人并不就接受。

2002-04-25

民国文艺青年

今年春节，在酒桌上，喝了半瓶茅台后，父亲和姨夫为姥爷是不是一个“伟大的父亲”吵起来。姨夫冷笑:他对儿女根本没有感情，否则当初就不会抛弃他们。父亲喝多了，可笑地晃着右手食指，以喝多人的迟钝重复嘟囔：他是一个伟大的父亲。你们都不知道，他是个伟大的父亲。要能为儿女挡子弹，他一定去。

九十年代末，姥爷到郑州治病，住在一个特别破的旅社，没有打扰郑州的大女儿。还是同乡告诉舅舅，舅舅打电话告诉我姨，我姨挨门挨户地找，才找到他，接到家住。生命的最后一年，他坐长途车来我家，谈完话，我爸送他回旅社，住处条件之差，让人落泪。他没钱，但不愿打扰别人，哪怕是他女儿女婿。这份自持里，有一种自尊自爱，即使与亲人，也小心翼翼保持一段距离，这距离维护了人际关系里的清洁。

我妈口中的我姥爷，像民国小说里的时髦青年：中山装，毛呢裤子，皮鞋擦得锃明。其实他并非新式学生，读的是私塾，九年。从后来言行看，他是写着旧体诗追求新恋爱的，民国文艺青年。这种类型的人，我故乡断了三十多年，一直到九十年代，街面上偶尔才能看到个把。姥爷出生于1932年，家里是卖布的，他娘，我太姥，是女中豪杰，一架织布机，纺线、织布、浆洗、卖，一个人一气呵成。

为卖布，她迈着三寸小脚，跑东跑西，生意做到武汉。三年大饥荒时，她只身出门，给小孩看病。别人酬谢她，给半个馒头、一把面、几颗豆，都存起来，拿回家，做锅里，弄上水，放点盐，或捣碎熬汤，能顶一顿饥。姥爷年轻时，太姥宠他，把他打扮得像少爷，为他娶个农村的不识字的童养媳。在老人的深谋远虑里，这种姑娘最贤惠，能专心伺候他。姥爷十三岁，姥娘过门，比他大三岁。圆房时他十六岁，还啥也不懂。生完老大（我姨），他接着读高中。二十岁，他懂事，开始闹离婚。我姥娘不识字，在丈夫面前战战兢兢，话也不敢多说。她越这样，姥爷越嫌她不会说话。但他怕他娘，只要闹离婚，他娘就揍他，往死里打。断断续续闹近二十年，生俩女儿，仨男孩。我妈比我大舅大八岁，这当中的八年，姥爷基本不回家。

姥爷据说是才子，正楷、草书，样样来得。我妈说他是老革命，要是一直在县财政局干下去，也是老干部了。这位才子在建国后的二十年，他人生最好的时光里，在别的知识分子和各级干部于历次政治风波中起起伏伏之时，他只干一件事：闹离婚。这倒真像他：虽然穿皮鞋、毛呢裤子，受的到底是旧式教育。当时的新式学生，大部分都是“要求进步”，对政治很火热的。他却像线装书里的人，沉浸在追求伴侣的鸳鸯蝴蝶梦里。

1962 年，刚经过大饥荒，人们饿怕了。那时有个“包产到户”的短暂政策，农村户口能分地，还能种“自留地”。这政策魅力有多大呢？“安徽有一个叫徐桥的地方搞了包产到户，结果是从这里嫁出去的姑娘全都跑了回来，唯一原因是要回娘家吃一顿饱饭。”姥爷把全家户口一劈为二，大部分转为农业户口，分了两分多地。再后来，在财政局他遇到“五反”“四清”运动，他是会计，账对不上，要斗争他，要“过筛子”。同事站成两排，被斗争的站中间，这边推他一下，那边搡一下，此之谓“过筛子”。姥爷认识的一位书记有不正当男女关系，斗完，跳井死了。那时的人脸皮嫩。太姥心疼儿子，怕他过不去这个坎，挖出几百块现大洋给他顶上。这几百块大洋是她毕生积蓄，想到大饥荒中，太姥爷死于饥饿造成的全身浮肿，即使那时，这几百块大洋都被严严实实捂在黑暗中，它们，在我的想象中放出异常明亮的凛冽之光，几乎不可直视。

总之，姥爷离开财政局，携妻挈子，种了几年地。因为能写会画，被大队叫去当会计。虽是农村人了，他还是很讲究地穿着中山装，与妻子不合，平时住大队上。附近有个寡妇，皮肤白，能说会道。他终于遇到一个能跟他说说话的女人。一来二去，姥爷下决心离，又哭又闹又绝食，最后奄奄一息，眼看不行了。太姥终于松口，让他滚蛋，说自己要媳妇不要儿子，孙子孙女都归媳妇。

我长到二十多岁，才第一次见到我姥爷。身板宽大，可是瘦得很，面相干净，有残余的读书人的泠泠之气。他看见我，问了名字，点点头，淡淡的。没有故作疼爱的夸张，也没有多年不见的局促。那时他已退休，身体不好。寡妇的女儿不管他，连衣服也没人给他洗。亲生儿女们去看他，每次去，寡妇都跟他生气。一次，寡妇当着我妈的面就跟他吵，我妈没忍住，讥诮地：我还以为你多幸福，谁知也不是。姥爷自嘲：我现在是不能干了，她就一星儿也没有了。我们就是刚结婚那三、四年好了几年。后来，姥爷决定离婚。

舅舅们对这多年未见的父亲并不欢迎。还是姥娘发脾气，做通儿子们的思想工作。太姥英明，她选的媳妇，果真贤惠。2000年，他拿两万块钱，房子和家具留下，在我三舅的护送下回了姥娘家。两万块是他毕生积蓄，要不是我三舅出马，他连这也拿不到——我三舅，自小练武，是某年许昌市五县六区散打冠军。

2001年春天，他已是重病晚期。坐几小时的长途汽车，来我家。他为我妈而来。我妈在一意孤行、浪漫热情上尽得他真传，她有无穷的生命热情无法释放，终于惹出牢狱之灾，姥爷来劝她回头，“否则年轻时你还能踢能咬，老了你怎么办？”这句话沉痛至极，隐含对自己生命的否定。他曾经用二十年时间闹离婚，是何等的精力充沛，一意孤行。他是被衰老、绝症、爱情的幻灭打败了，转头劝他女儿要老实。

那次，他和我妈见面，是在监狱里头，说不了几句话，肝疼得站不住。“我也快支持不住了。”他说着，缓缓蹲到地上。我妈也蹲下，俩人就蹲着说。他烟抽得凶，话不多，不是一个能言善道的人。劝两句，就闷头抽烟。恰如一只老鸟看见雏鸟摔出巢穴，无计可救，只盘旋在断腿的雏鸟上空，哀鸣而已。女儿入牢，哀痛于心，他赶来，哀鸣而已。

妈妈在那年夏天的八月下旬自由。九月，姥爷去世。去世那天，早上，他自己去集市上喝了豆腐脑，回来后说身体不舒服，在床上躺好，被子盖得一丝不乱，一会儿就过世了。他像一头直觉敏锐的动物，动物临死，都是爬回自己的洞穴，找个地方躺好，干净寂寞地死去。

《礼记》中《学记》谈私塾：“一年视离经辨志，三年视敬业乐群，五年视博习亲师，七年视论学取友，谓之小成。九年知类通达，强立而不反，谓之大成。”“强立”，郑玄注“临事不惑也”。1962年，经过大饥荒（我太姥爷死于全身浮肿，其实就是饿死的），为能吃饱饭，他们回乡种地。姥爷在大队上工作，上面发救济粮，有人提议给姥爷一份。他婉拒。虽然他也拿衣服到外村换粮食，终究是“临事不惑也”。新式教育，高中读完若不上大学，在农村是“文不成武不就”的尴尬。但旧式教育出来的人，若你有一笔好字，会写诗联对子，会婚丧嫁娶红白喜事应酬，很快就能融入当地生活，走出去别人看法也不一样。姥爷写一笔好字，据说一条街，街坊邻居的春联都出自他手。他喜欢写旧体诗，攒了好几本。我好奇地问我妈，还放着吗？我妈说，姥爷去世后，她拿了本回来，有次给我爷爷看，再后不知所终。

他娶的那位寡妇是信主的，基督徒。在上个世纪六十年代，人们谈的都是早请示，晚汇报，为人民服务。能遇到一位读过《圣经》的人，并且是位肤白年轻的女子，对半生都在寻求精神伴侣的姥爷，我猜想那是他最好的时光。

1970年，姥爷离婚成功，那年他三十八岁。之后的几年，对于我的故乡和我姥爷都是风平浪静的，各种运动都过去了，饿死人的时候也过去，姥爷的毛呢裤和皮鞋都在一次次的饥饿中换成全家人的口粮。在他最好的时光中，他和那位信主的、嘴巴灵巧的女人在一起，会谈起《圣经》吗？那里头是何等优美、气象万千的文字。更重要的是，耶稣是多么温柔，这个骑着一匹驴驹子而来的年轻人，开口就是“哀恸的人有福了，因为他们必得安慰……”，何等温柔，犹如三月春风吹过一支芦管。《新约》的核心是“爱”，在那个触手生冰的黑铁时代，这是否曾给他安慰？

希望如此。

2013-02-23

家的味道是新闻联播与番茄炒蛋

傍晚，搭车路上，一股香味始料不及地袭来，似曾相识间，19点整的新闻联播、夏日夜间的绿豆汤、老式吊扇转动的咣咣声突然闪现，那日常的、固定不移、熟悉到令人安心的，炒鸡蛋的味道。

气味延绵不绝、不可阻挡地涌上来，仿佛整条街都在做晚饭，整条街都是炒鸡蛋。18点55分，如果在家，正是青瓷碗当啷作响地被摆放之时。久不在家，吃饭时间固然混乱，体内各部位也各自为政、相互疏漠。

比如脚、这时该回应脑部召唤而加快步子，而心脏、则自动感应黄昏的脆弱与惊惶。

如果在家，这时候、院里的老梧桐该还从容不迫地落着手掌大的树叶，低矮的香草叶在闷熏着暖香；洗完澡穿衣服又燥出一身汗，推开门风涌来却猛地一阵清凉；看完电视深夜的院子风明人静，不经意却为星空河汉怔立当堂——记忆，七手八脚倾巢而出、回应久违气味的召唤。而另一种色彩也不甘寂寞、呼之欲出——原谅我，是如此平常——番茄炒蛋。

是那样金碧辉煌的淡金，配艳丽肉感的深红，这道菜、饭店总多放鸡蛋而失之油重，食堂里端出则过于寡淡而成了寒酸。只有家居的平常心，才可做到如许温柔敦厚、可亲质朴。也许像记忆中，某些与父母静对的时刻。默然无声，而时光已引我顺水而下。

还有什么、声音或者气味，能够召唤记忆。

请、留整段寒冷空气，给乳白饱满蒸腾热气的水饺勾引赖床的冬天，白衣蓝裤给一尘不染合唱时代的少年。留一条窄街黄昏细雨给离家出走的孩子，两排浓荫翠金清澈的法国梧桐给即将毕业的青春。如果这些仍不能让你记起，那么，被你埋在某块土地下的彩色玻璃片呢、夹在书里平滑透明的糖果纸呢。幼时咳嗽，爷爷用小炉炖一下午的雪梨红糖水；笔迹拙劣抄满歌词的笔记本；捏着成绩单不敢回家、晃荡街头落的那一场雪；少年心事，坐到深夜后窗里移过来的那一片月；对镜自照、惊觉容貌不可挽救的初次惨痛；陪暗慕异性走遍整条长街的满心喜悦。

午夜街头，总有人唱挫折打碎他的心。正午人群，是谁在太阳下茫然低头感知生命无常？是谁，是什么，歌声或者影像，气味还是色彩，铭刻成生命体验，在自己促狭身体挣扎上演，它来、它去，柳暗花明峰回路转，奇迹出现或者束手就擒、然后又水洗般一笔笔忘记了消失了，直要到某个时刻，比如，黄昏的七月，经过一排民房，里面的人在烧着平庸的家常菜，却不知道外面有人在羡慕着他们。而你只是突然想起，已经有太久、太久，没有闻过这股香味。

公汽在正大宽敞的夕晖里狂奔，要这样的速度、这样模糊不清的风声与黄昏，才能稍稍追得上回家的记忆。但我要坐几路车，才能在太阳下山后找到回家的路？我只是匆匆走过，气味在身后消失，记忆也是。

2001-06-24

最初的甜，最初的咸

说起来有些大不敬，关于奶奶的回忆，大部分都与食物有关。在我小时候，人们对食物仍抱有深深敬畏，因为曾经短缺过，刚刚温饱中，将来会否短缺仍是未知。那种神经质的敬畏使我的童年、少年记忆都紧紧跟食物做了连接。也让我长大后看到余华的《活着》与《许三观卖血记》为之震动。活着、血液、食物，我想不出有什么比这些更卑微更基本、更包容一切。

奶奶有五个女儿，两个儿子，最大的女儿比最小的女儿大十几岁。那一辈人，刚开始是提倡做“英雄母亲”，不过是添双筷子的事情，养到中途觉出生活艰辛时，已经没有退路。爸爸还小时，爷爷在外地工作，奶奶一个月靠他二十几块钱工资带七个孩子生活，应该是日子不易，大家庭家长脾气难免不好，妈妈说，我爸长到十好几岁，还被奶奶一巴掌打得鼻血长流，并且喝令“不准哭”。我爸把血擦到门上，奶奶看污了家具，更加追着打出家门。我相信她的话，因为小时候，奶奶打我的记忆也还清晰，有一次我被打到离家出走，躲到离家几百米的池塘旁边的杂草里——夏天，阴湿的池塘草丛里净是蚊子，我半蹲半坐，一边哭，一边拍着蚊子，直到我妈到吃饭的时候把我找了回去。

我小时候跟爷爷奶奶住，因为不胜我夜哭频繁，奶奶每次给我含一颗糖入睡，在那时，糖是稀少的，每晚一颗糖，足够收买我，我想念妈妈的号哭化在糖水中，侵蚀了满口牙；奶奶有很多种糖，看到《孔雀》里分糖的情节，我恍惚想起来她房间里那些美丽糖罐，宁静肃穆地放在窗台上，大白兔奶糖、酥糖、水果糖、芝麻糖、麦芽糖、糖果子……炎热的午后，我趁她去后院浇花吃力地爬上大床，掀开盖子，屏住呼吸掏出一颗糖……这个味道和跳到要炸开的心脏一并成为记忆里的一幅画。

既然说到童年，奶奶的大床也是画里另一处风景点，每次回忆不论如何兜转，总免不了回去那里。那张床好大，木头呈现出沉沉乌金色，靠墙的两边修有木靠，下床那一侧有木档，四个角有手扶的柱子，上面一年四季都张着暗白色蚊帐，在四五岁的我的眼里，那张床简直巨大如一座城堡。一开始我需要人抱上去那张床，后来我长高了，可以自己爬上床偷糖吃，再后来那张床对年纪大了的奶奶来说过分高大，转送给上初中的我睡——第一天睡完起床，迷糊里几乎摔个跟头——那张床还是很大，放一个我、一堆书正合适，这比一切事情都更让我心醉神迷。

如果你一定要知道那张床的下落，好吧，若干年后，它看起来坚固厚实的木头无法支撑我生长中的身体，在一次睡梦里轰然塌陷，和大白兔糖及其他东西一样，消失不见。

说回来吃。中学时，每天放学路过奶奶家，正发育，饿得穷凶极恶，必须先去打个尖，不然好像就要暴毙中途。吃的，不外是咸菜、烙馍，偶尔会有一个煮鸡蛋，爷爷喝酒，会买卤鸡肝、卤豆腐

片 ——食谱里有这些尖儿货时，我对食物已经没那么穷凶极恶。而我像个饿鬼时，最常见的，是咸菜，随季节变化无穷。

冬天是花生辣椒酱，春天是韭菜花。四季常备是大芥丝。芥菜茎切丝，芥菜种子可磨碎制芥末，芥菜丝也辛辣呛鼻。吃的就是这股又辣又脆！空口吃也好，就馒头也好，拌面条也好。大芥丝，是我奶奶的绝活。童年没有这个，真是不知如何是好。

后来，我到外面上学，每次开学前都要去爷爷那里，他和奶奶给我装咸菜带走。他们是老辈人，觉得学生出门，一定要带咸菜或干粮。直到有一年，爷爷沉默一会儿，给我一百块钱，然后说：你走吧 ——那个时候，我忽然，忽然间意识到奶奶真的已经去世了，要不，不管她多大年纪，不管她是不是病得起不了床都会打电话让姑姑爸爸来给她做咸菜的。

我攥着一百块钱，在街上，哭着走了一路。

我从小跟周围格格不入，在亲戚中是异类。孤绝感一直都有，靠读书缓解。视朋友为自己挑选的亲人。因为精神上的契合太难得，得到了就觉珍贵。

再成长，被我漠视已久的另一种感情时时兜回心底，等待我去理解。就如奶奶，无疑她在精神上毫不懂得我，生活中，她对女孩偏严苛，小时候我不觉被疼爱。可是写到她，记忆里这一点一滴，人生中最初的甜、最初的咸又是什么？作为生命的初始值，它是我的源头，无法用简单的爱或不爱、好或是坏来判断。一蔬一饭，百味交集，长如流水，抽刀不断。亲情，大概就是要被误解的。

我在吃上非常随意，连别人嫌弃的旅行社团餐，都能吃得兴高采烈，连声称好。唯独在咸菜上，口味很刁，别人赞不绝口的，买来尝尝，总不由怅然：我吃到过更好的。

但是再也吃不到了。

记忆驶向味蕾尽头

今天我们来说吃。

先说咸菜，冬天是做咸菜的好时节，通常是一个太阳晒着被子暖软的日子，被叫起来帮下手，天气晴朗，则做出来咸菜不容易发霉。

然后去买 10 多斤花生、10 多斤辣椒，兑一整罐白糖，然后是一些配料，有大茴、八角，分别捣碎，放进一个澡盆里用力搅拌，这个工程会用到女人的心细、男人的力气。辣椒是鲜红朝天椒，个头小，劲头足，颜色亮；花生经过筛选，个个颗粒饱满圆润，通常在做的过程就会被我们随手吃掉一半，所以每次要做咸菜，花生总要买上几十斤。

大功告成，吃的时候用热油翻炒，兑水后放面条里，整锅面条都香酥掉。

我说的这个咸菜是花生酱，酱里最好吃的是花生，通常吃不到半瓶，花生就被大家挑出来吃光光，妈妈心疼我，每次我上学带的瓶子里，满满都是花生。

春天来了可以做韭菜花酱，颗粒细腻，摊开来一地的绿。配红辣椒，卷烙饼，烙饼上薄薄抹层香油、涂层细盐，趁刚烙好又软又热卷一筒新韭花，咬一口，就觉得一整天的忙碌都有了着落。

其实在我家乡，烙饼是叫烙馍，摊这个要有技术，要不厚不薄，微微发黄起烫花，手疾眼快唰地挑到瓦盆里。做这个要在傍晚，下班的人陆续回到家，生一堆火，丢刨木花进去，然后一院子的烟就生了出来，日后想起烙馍，首先想到的就是满院炊烟。

妯娌们烙得很快，可是人多，谁走过来都随手卷一个吃，卷咸菜，卷糖蒜，卷白糖，什么都没有，单单擦上油和盐也香得很。干活的蹲个小板凳忙半天，一回头瓦盆里还是那么几个。

吃烙馍容易吃撑，像红酒容易喝醉，因为吃着轻软，不知后果，所以家乡也说：蒸馍省，烙馍费，要吃锅盔卖了地。

蒸馍就是馒头，没有谁爱吃馒头，可是烤馒头又当别论。

在蜂窝煤炉上，支一个铁丝架，把一个凉馒头切两半放上去烧，最好是放几天硬得跟石头似的，等外面那层面皮儿嗞嗞地收紧蜷缩，再等裸露部分变成金色橙黄，钳下来，略凉一下，趁热吃，外面焦的嘎嘣脆，里面软的像棉花，或者，棉花糖。放一块腐乳上去细细抹匀，你就后悔吧……干吗没多烧几个。

谈到烧，最好吃的还是烧红薯，秋天，院里梧桐树慷慨地大把大把掉叶子，掉得一层层盖住地面。让它们摊着晾，直到翠绿叶脉变成黄金般干脆，拿大扫把扫一堆儿，点火。这时往往有人（是我）跑厨房，拎几块红薯丢到火堆里。然后，进屋，吃晚饭，看《新闻联播》，要到电视看累了，出来站院里发呆，看火堆只剩灰烬，明明暗暗地闪，忽然想起来说：还有红薯呢！这时红薯已经凉了，正好，一嘴咬下去，牙齿嘴唇统统变焦黑。

曾经上班的地方，围墙外边就是玉米地，闷长的中午，偷玉米来煮是一大乐事。将熟未熟时，扩开一屋子清香。有农家找进来，先矢口抵赖，被人家拉到垃圾箱看剥下来的玉米须：这是什么？哑口之下，农家说，这样吧，让我挑你们点粪算了——顿时皆大欢喜。

盼着盼着花生就熟了，煮一大锅，跟朋友聊着吃着，吃完一锅，堆满满一桌子花生壳，正好也该散了。

花生煮熟很粉，要慢慢吃。

春节的食物千变万化，我却爱吃枣馍。

不知为什么，一个馒头嵌几个枣就格外香，我的标准吃法是把枣吃掉，把枣周围浸透枣香的馒头吃掉，然后就看看妈（她对枣馍的剩下部分负责），看看下一个枣馍。很馋。

更不用说豆包。到春节，奶奶总是要买红豆，捣成豆沙，做豆包。这个她不做，别人不会做，可是她做了后，她有五个女儿，两个儿子，十多个孙子孙女外孙外孙女，做多少都吃干净。为吃豆包，很长很长时间我都以为自己是不得宠的孩子，因为，豆包太少，孩子太多，不够分。

那时吃豆包，我总想如果不用吃包子皮该多快乐，就像若不用跟人分一个豆包该多好。

就像你猜到的那样，这样巨细靡遗地写吃，通常是因为，吃不到。其实小时候没有挨过饿，但饥饿的基因，透过我的父母层层叠叠地传进我的血液。没挨过饿，但目光所及都是匮乏。食物的匮乏，情感的匮乏，智慧的匮乏。日后我看安妮·普鲁的《近距离》会有异样的亲切感，匮乏之中，轻微的一点好意都让人格外记得长久。奶奶偏向孙子，有鸡腿会留给他吃。而爷爷爱我，给我钱让我买卤鸡肝卤豆腐片。那时这些卤味，是用真正的鸡汤里炖的，美味超越鸡肉。这两角五角买来的豆腐片拯救了我脆弱的自尊心，成人后，不至于认为女人是比男人更低级的动物。

因为，有人在生命最初爱过我。

2002-10-15

晚来天欲雪，能否去吃面？

晚上，天冷，用被子裹得严严实实地看影碟，是日本片，伊丹十三导演的《蒲公英》。

故事从雨夜开始，卡车司机五郎跟他朋友夜间行车，朋友读一本小说读到饥肠辘辘，哀求停车吃面。

那小说是这么写的：一个年轻人，向一位学了四十年拉面的老先生求教，怎么吃面。

好，热气腾腾的汤面上来了，火腿在眼前、香菜缓缓展开，年轻人刚想埋头大吃，一看老人岿然不动——先生，该如何吃面，先吃面或者先喝汤？他不由放下筷子，静候老头发话。

“先看一下它们的形状，闻一下它们的香味。它们表面有漂亮的配料：香菇已经浸在汤里，紫菜慢慢地沉入汤中，洋葱浮在表面……先用筷子亲切地碰触一下这些配料，为了它们味道更好，然后把火腿挑到旁边的汤里，最重要的是跟它们说：你先等等。”

读到这里，五郎也受不了了，停车，两个朋友奔到路边一家挑着红帘的面馆，吃。

面馆的女主人叫蒲公英。

写到这里我问自己：会有人耐心看这些文字吗？就像这些日本

电影，无论是这部还是《将太的寿司》，又或是那些日剧，在脉脉温情和内里虚伪上他们有何不同？

可是吃饭还去追问有何意义，那不太可笑了吗？

蒲公英的理想就是做一手精彩绝伦的好汤面，给儿子吃，如果有可能，也给自己爱上的男人吃。

很普通的梦想，你一定不要——在一间屋子里，做一辈子面？我也不要。

有人说日本人对自己的面骄傲得很，做完端出来，桌子上不放佐料——他们相信自己已做到完美。

茶道也好剑道也好，骄傲之人必然认真，认真的人，即使做一碗面，也不会凑合。

或可称之为面道。

蒲公英在五郎督促下学习做面，练臂力、练体力，到各个面馆吃面，看厨师们下面手法简练或繁琐；看厨师留心客人是否把汤全部喝完；看材料是否新鲜，老板记忆是否准确，最后，待客之心是否绝无轻慢，诚恳自然。

这些还不够。

五郎去找一位老师傅，十五年前他做面妙绝天下，后来拍档带了他妻子远走，师傅从此混迹于流浪汉中，可是他们吃得乱而不差，手抓烤羊肉一样喷香，捡来的半瓶子酒也够醇厚。

老师傅被请来加入蒲公英的梦想。现在，他们熬的面汤有了况味。

写到这里我饿了，这真是个老套故事，一个团体如何组建，从互不相识到手足相契，从一无所有到创造奇迹——人们总喜欢看奇迹、梦想，它们是对庸碌现实的报复或者酬谢。

每个省份都有自己特色小吃，河南或者西北许多地方是面食，因为它够廉价，因为它容易饱。满满一碗，像婴儿头颅那么大的一碗也不过五块钱之内。

在西北，看着一连串陌生面名蠢蠢欲动：臊子面、炮仗面、油泼面……一样来一碗后发现它们其实都是兄弟。穷人的幽默与智慧。

要非常非常饿，才能吃出面的味道。

问随便一个女孩，她都会告诉你面食乃身材天敌，米食其次，最好只吃蔬菜水果及一点点的肉。

正确。所有杂志都这么说。

我也不怎么吃面，只是在两次喝酒之后，被带到蒋宅口那家老牛肉面馆，是红油厚汤配红绿辣椒，面宽而厚，北方本色；韧且滑，手工作风。喝多了就忘记担忧，那两次，我吃了很多。我想我还是爱吃面，它味道淳朴宽厚，简单而绵长，它像地母，拙而大气，它是食物中的阿尔法欧米伽，是最初及最后的。

我吃过最好的面是父亲做的焖面，我们从来不合，但即使正吵架，我只要说，中午做焖面吧，他也会闷头准备。有豆角最好，没有豆角炒鸡蛋葱花西红柿，颜色味道一样好。

可惜我不要吃他的焖面，他知道我要的太多是他完全不能给的，并因此暴怒。

现在我想，我想起他还有焖面，他想起我会是什么。说到底我不喜做饭，不会织围巾缝衣服，但凡能让老辈人觉得欣慰的事我都不会，并容易暴跳，在外面从来不发的脾气一条条都发作在家里。

他一生人没什么光荣之处，希望女儿可以比他更好，可惜，我姐嫁在别处，剩下一个，放着工作不要在外面混，老大不小连男朋友也没一个，又没钱，人又傻。我能够让他在亲戚里抬起头的地方不多。

我给他的记忆大概就是这些。

这些不是语言文字可以补偿或者安慰，他努力想要安排我生活，而我知道，我要的安定，是把自己打碎然后重生，没有人可以完全参与另一个生命，即使亲人。

可是他给我做焖面，在力所能及的范围里我们也曾相互容忍接纳。

对了，《蒲公英》的结尾你当然能猜到，她做出一流拉面，让人们排队等着进食。其过程有爱情有友情，有男人义气有感激，如果这些都在一碗面里，如果三块钱就可以吃到这一切，生活至少还有很划算的事。

是不是最原始的梦想也最动人，是不是最朴实的食物，它的味道也最温暖。如果我们已经放弃传统放弃老家放弃你的地方口音我的豆角焖面，至少，下雪时，我还可以跟你约着去吃一碗面。

2002-10-25

后记

这一辑中的许多文章写于2002年。那时我刚到北京，大量写怀旧文章，写亲人，心态却更像孤儿。我在短篇小说《少女哪吒》中写那个去酒吧站台的姑娘，已和家庭决裂，但在同学间，她给自己虚构出一个庞大的家庭，有哥哥、嫂嫂、侄子、爸爸、妈妈、爷爷、奶奶……我的心态约略近之。

2001年，因为我要离开故乡而和父亲发生激烈冲突。那个夏天，母亲入狱，姐姐离婚，我要抛弃体制内的工作当北漂。父亲的世界分崩离析。他约四位最有权威的男性长辈到我家，加上他，五个人正好坐成一个圆环，我坐在圆心。他们没能说服我。他们可能也困惑于王家两母女，何以都如此不正常，下结论说：你妈是大神经，你是小神经。

最后，我爸吵累了，挥挥手：你走吧。你这一走，咱们就是家破人亡。我原地站了一会儿，拎着箱子静静离开。后脚跨出门的一刻，心态上已经是孤儿。所以格外仓皇和严肃，动辄在心里叮咛自己：不可任性，你已没有后路。

喝多后可以任性。写作时也可以。于是常常喝醉，醉后一个字一个字地敲键盘。就这样一篇一篇写下来，全都在怀旧，全都写得深情款款，真实情况从来不敢写，也无从写起。我那时，还不知道怎么写"我母亲入狱了"这种事而不感到耻辱。我深情地写着我的家里人，旧时风物，一饭一蔬，但心脏是紧张的，是跟世界对抗时的肌肉的痉挛与僵硬。那紧张时常会透过笔管，洇开在文章里，于是文章里多出一层说不清道不明的冷冽。看上去好不矫情。

一直到今年，我才敢直接在文章里写出这些，写出来，它们才不会变成我心里的一个疮疤，一直溃疡下去。我终于发现，我引以为耻的，并不是我自己的耻辱，也并不是我妈妈带给我的。我彻夜排队，向命运领取礼物，命运给了我一块石头，冰凉沉重。我沉默地等待它给我一个解释。在排了更久的队之后，命运给我一个解释。那就是写作。

一个字一个字地救出自己。木心说。

第四辑 —— 因为我们又怕又不爱

永不冷场的人生

回乡速记 I

长期吃素后，味蕾变得敏感，菜里有味精，立刻就能察觉；我自己住，不看电视，对声音敏感，回老家，听觉像受惊的兔子，东窜西奔无处落脚。

个人感觉，经济越落后之地，声音污染越重。我家在县城，商业街上，每个小店门口的音箱里都大声播放音乐（且必须失真），人们对此熟视无睹。而我从中走过，焦虑指数直线上升。逗留得久，会心情暴躁，想立刻躺下，如被念紧箍咒的孙悟空一样抱头打滚。县城再往下，小镇，在高音喇叭之外，还多增一种声音污染的终极武器：拖拉机！什么去掉消音器的哈雷摩托，跟拖拉机一比都弱爆了。

在家中，人们习惯开着电视。开着，谁也不看都行。但一旦关掉电视，仿佛无法承担骤然出现的寂静后果。电视机，是无话可说的人们之间的润滑剂，是把人们注意力从自身引向外在世界的小红旗导游。它让我们发现，许多亲人间原来是没有多少话可说的，必须靠电视机里的人们出面化解尴尬。

当人们对电视机的声音变得麻木后，它成为必不可少的一个背景音。小孩做作业时，很少有家庭会专门关掉电视机——他们没有意识到，应该这样做。

许多大人习惯在小孩写作业中途跟他聊天，问东问西。他们也没有意识到，这样会伤害小孩的专注力。当他专注在一件事上时，不要随便打断他的注意力，不要拿闲扯去干扰他。许多大人没有这样的意识。他们习惯不停歇地制造声音。人们的说话声，是电视机之外的双重保障，保证你的人生不会面对寂静。

大多数人是害怕寂静的。在春节聚会中，寂静等于冷场。幸运的是永远不会冷场，永远有成长中的孩子成为安全的话题：多大？多重？他比他大多少？上几年级？考试考第几？年级名次多少？还有几年高中毕业？找工作没有？有女朋友了吗？什么时候结婚？打算啥时候要小孩呢？小孩多大？多重……在一个大家族里，总有各个年龄段的孩子成为话题中心。有时候，我感觉人们要小孩，就为了让自己有事可做，有话可说。没有那些源源不断的套话，谈什么呢？谈自己？成年人的聚会，是不谈自己的。尤其老年人，在人生中早已取得豁免权，除非是身体堪虞，才会成为问候中心。已婚已育也有豁免权——他们贡献自己的孩子作为话题。单身者是谈话的中心。但是，人们毕竟要有话题可聊啊，谁叫单身者没有孩子可贡献呢，那就贡献自己的私生活、感情状况、收入情况以供解颐。

永不冷场的人生。这就是人们追求的。谁家的孩子越多，人丁越旺，越幸福。这种幸福是“热热乎乎的幸福”。如果谁家过春节，冷冷清清，无疑令人怜悯。所以，一个县城的边界比一个国家的国界还难以跨越。人们不愿儿女离开，到外地谋生。农村的孩子，书读得好的，早就知道自己要离开的。大一点的城市，人们对于人口流动也习以为常。在各种形态的城市中，县城最为保守，在那里，儿女离开原生家庭到外地发展，会被视为不孝（想一想，家中老人的冷清！）。一个县城人，其幸福感却可能居各种形态的城市居民的首位。所以，丁克族是可疑的——你们想干啥？你们晚年怎么办？人们养孩子的思维，还只能到“养儿防老”，再往前一步，也无法了。哪怕现实中养儿已经不能防老，还要啃老，也还是停在这里。因为这是人生的全部希望。

人们没有说出口的是，孩子是用来克服死亡的。死去，什么也没留下，即使留下，房子，钱，统统也与你无关，光这样一想，就令人难受。但你的孩子，他血液里流着你的血，他长得像你。你活在他的记忆里。这样一来，你将不会被死亡彻底剥光、掠夺。在这一点上，孩子和艺术的作用相似。尼采说，“思想家以及艺术家，其较好的自我逃入了作品中，当他看到他的肉体和精神渐渐被时间磨损毁坏时，便感觉到一种近乎恶意的快乐，犹如他躲在角落里看一个贼撬他的钱柜，而他知道钱柜是空的，所有的财宝已经安全转移”。

不同的是，克服死亡的过程不同。追求永不冷场的人们，是用孩子，用热热乎乎，用周围都是人（想想所有的娱乐方式：打麻将、看电视、唱卡拉 OK、亲戚饭局……）、都是声音。这样的人当其死亡时，必然渴望周围被人和声音包围；靠艺术克服死亡者，思想、阅读、写作……都是静的，都要长期一人，独对斗室，岑寂一如修行。这样的人，当其死亡时，必然也渴望安静，三两亲人也可，独自一人也行。一如独在斗室去世的张爱玲。许多人怜悯她，去世许久才被发现，殊不知，她选择自己的死亡方式，预知死亡时机，并为此做好准备(换好衣服，床上躺好)。这份坦然从容已迹近大修为者。

但是，无论过哪种人生，街上的高音喇叭都应该关掉。印象深刻的是在德国或法国时，街上安静到连汽车喇叭都是罕物，更别提高音喇叭。走在寂静中，说话不必靠喊，你可以轻轻哼歌，听到风吹过草尖，空中鸟儿拍打翅膀，只有在此时，散步才成为享受。这是人生存的基本环境，就像菜里不能多放味精、食物里不能滥用添加剂。说到底，环境安静，人才能思考，或者说，思考些安静的问题。轰炸性播凤凰传奇，只能轰炸出炸鸡般的大脑，里头除了热闹，别无所有。

2013-02-19

情感赝品

回乡速记Ⅱ

春节回家，被人们脸上的表情触动。那是一种笑意，嘴角浅浅撇着，里头有质疑，并随时准备变成冷笑。它凝固成一种类似面具的存在，浅浅地挂在人们脸上。人们大概并不知道自己是这样的表情，因为谈话内容，与此相去甚远。

访问陈丹青时，我提及三个中国人在一起就像难民，他敏感反问：这是谁说的？他出过国吗？我说是同事李拜天，出过国。陈丹青点头：当初出去最刺激的经验是：为什么中国人在美国街头都像难民？用不着三个，一个就很像。我从橱窗里看到我自己，也像个难民。

其实不用出国。若你留神周围，就会发现，年纪越大，脸越难看。以电视剧《乡村爱情》为例，里头的年轻人都还正常，但是中年以上，普遍地丑。不是生理上的丑，是整体上的憋屈、不舒展，是眼皮垂着斜眼觑人，是随时准备点头哈腰的驼背屈膝。那种视觉上的不舒服，像小时候看畸形人展览，一个背上长大肉瘤的侏儒的感觉。后者是肉体的畸形，前者是精神上的。从这一点来说，《乡村爱情》是镜子，照出我们周围人的脸。

又比如，在中国人的长相中，有一种面容是独特的：领导相。

它是服装、发型、皮带、威严度的综合指数。这种面相，和我刚刚提到的《乡村爱情》中那种随时准备点头哈腰的面相截然相反。它没有一个标准的定义，但是，把一个领导混在一百个群众之中，让电视观众投票，观众也绝不会走宝。我们的生活方式内化为思维方式，又外化成面相。

冷笑面具的诞生，是因为长期的怀疑、不相信，随时准备攻击与自我防卫。我的一个女友和男朋友分手原因之一是，男友爱讥讽她，抓住她每个出错的瞬间嘲笑她，令她崩溃。但我理解她男友，因为我就在这样环境长大。在贫瘠如沙漠般的世界，人们也还是渴望欢乐，艺术和宗教的源头被堵，只剩下俗世，最直接的欢乐来源于身边人。

欲求欢乐，祭坛上的供品，讽刺远胜赞美。少有人能从赞美他人中得到欢愉，但讽刺带来狂欢，则是相声之经久不衰早已验证过的。同时，对智力来说，赞美不如讽刺。要脑筋极灵光，才能抓住每个可笑的瞬间，演绎成段子，再三供人咀嚼。在此过程，智力得到锻炼及愉悦。对小孩来说，这是个危机四伏的世界，你的每个口误、每次倒霉都会成为亲人欢乐的源泉，大家相互侦查，相互窥伺，随时等待发笑。当然，孩子很快学会抓别人的倒霉瞬间，抢在所有人之前哈哈大笑，这样的孩子被称为聪明。我们就是这样相互讽刺着长大，个个都是相声演员、小品明星。成年之后，我们和最亲的人的相处也依然如此，以讽刺表达亲密，以嘲笑表达爱意。

虽然欢乐祭坛上的供品，讽刺远胜赞美。但是，人也需要被赞美，被爱。此需要促成另一种相处模式：赞美、鼓励，并从中得到欢乐。并不奇怪的是，它更常见于较富庶之地，教育程度更高的人群中。这是我那位女友和她男友之间的痛苦来源，他们的童年不同，欢乐模式不同。

讽刺型欢乐是攻击性取乐。攻击者欢乐、围观者欢乐，只有被取笑者吃瘪。但是攻击之矛随时调转，每个人都可能被嘲笑。这让春节聚会变得刀光剑影，险象环生。这也是每年春节后，网上吐槽一片之故：久不历练这样大场面的年轻人，骤然到一比职场还凶险之地，怎不惊出一身冷汗。

刀光剑影之外，春节聚会还有一大特征，就是弄假成真。平时未必多亲密的关系，到春节时，酒桌上，酒酣耳热，亲热话说多，把自己就感动了。关于中国式人情，热闹但总给人肤浅感，心理学家武志红举例：家里阿姨要给他拔白头发。他说不用。阿姨再三要求，并拿着夹子追到书房。他总结为何她的善意让自己堵心："她封闭了自己的心，切断了自己的感受。她是个非常好的人，这次也特别想对我好。然而，因心是关闭的，她根本就没接受到我发去的信息。"

封闭的交流，只能交流一些套话，谁也不会从套话中得到情感满足，只好自我催眠，弄假成真。在年轻人看来，这场景中有不可饶恕的虚伪感。别忘了，年轻人有强烈的心灵洁癖。他们拒绝进入这个模式。即是说，在这种团聚中，不仅长辈的心是封闭的，年轻人的心也是闭合的。

但是再往下想，交流能力是怎么失去的？因为，在传统里，真正宝贵的感情是不需要、也不能够表达的。父母对儿女，亲族之间，何曾有过"爱"字？这缄默温静的传统，在内在文化核心被割断、失去再生能力之后，又遇到要求表达、要求交流的现代文明，顿时手足无措。于是，人是真的、血脉是真的，表达是假的。所以要弄假成真。人们不具有细腻的深入交流能力，只能以赝品替代。赝品是假的，却满足了真的需求，真的渴望。

不再憎恨，只是叹息。即使是挂着冷笑的面具，即使以嘲笑表达亲密，即使这交流让人痛苦，也要看到在这笨拙的交流之下，流动着的另一种血脉本能，它不曾被表达，也不能表达，赝品即是对它的反射与仿造。

2013-02-20

幸存者

我不打算这样介绍《鼠族》：这是一本表现“犹太民族在二战期间的悲惨遭遇”的优秀漫画——这也许会让你肃然起敬，同时敬而远之。世界上的苦难已经太多，人类本能地趋利避害，一段沉重冗长的苦难史，并不具有题材上的优越性。

除非它与自己息息相关。

漫画家阿特·斯皮格曼和父亲不住在一起，父子关系不怎么样。母亲安佳早就去世，父亲又娶一个太太玛拉，但两个人的关系也处不好。阿特想画一本以父母在集中营中的经历为蓝本的漫画。他求父亲告诉他那段故事。

关于集中营，你可能已经知道毒气室、大批的死亡——从以往的电影和书籍中。但我从来没想到，漫画可以有这样力量，甚至强烈到超过电影和文字，因为，故事的讲述者，漫画家的父亲，弗拉德克，是集中营的幸存者。他的故事都是第一视角，几乎是逼近读者。而故事的绘制者，阿特，是幸存者的后代，他以极大控制力完成这个故事，没有隐瞒，没有避讳，他没有塑造人物，他只是展现真实，真实即力量。

宏大的苦难并没有用宏大的结构。他只是忠实地跟着男主角一个人走。后者脖子上的绞索越来越紧，先是安佳九十多岁的外公外婆、然后是安佳的父母，最后是年轻人。他像一个惊恐绝顶的灰毛老鼠，想给自己刨出一个安全的洞。他机敏，能干，会交易。他像老鼠一样有生存的直觉，从一个一个死亡陷阱旁逃脱，然而他的终点是奥斯维辛。即使在奥斯维辛，他仍然有许多生存技巧，他不像以前那么健康，但他会英语，可以教牢头。这让他进入到紧俏的工人队伍，这意味着不用马上死；他会修鞋，这给他换来了吃的；干活时，他迅速抓住一个跟自己一样强壮的人抬汤桶，他们跑得很快，让其他衰弱不堪的抬汤桶的人被痛加鞭挞，作为补偿，他们能多喝一口汤；被塞得水泄不通的车厢里，他迅速爬到众人肩膀上，展开薄毯子挂在铁钩上，做成一张吊床，这救了他，车厢里的 200 人中，只有 25 人活下来。

每一口汤，每一口空气，每一块面包，都是最后一根稻草，缺了它可能就得死。生跟死的界限从来没这么狭窄过。最终他活下来了，但作为后遗症，他斤斤计较每一分钱，漫画家本人，阿特，小时候几乎要被他逼疯：每次跟他要钱，都会让他歇斯底里，心脏病发作。他坚持要儿子爬上房顶修下水管，对儿子出钱请水管工的建议大发雷霆：你们都以为钱会生子儿！我索性自己修！他把吃掉大半的食物拿到超市退掉，贩卖自己在集中营的经历赢得同情而换来实惠。他几乎让身边每个人都受不了。——看到这一段我觉得眼熟，某一程度，阿特的感受也是幼年时我的感受，而他父亲那么像我的父亲。怕花钱，永远怕花钱，我不知道他小时候的生活是怎么样的，我只知道，我的爷爷有七个子女，七张嘴要吃饭，不听话的孩子很容易挨打。我爸爸曾经被一巴掌掴出血过。他们就这么缺吃少穿，被粗暴对待着长大。作为代价，他永远都不高兴花钱，直到现在，我打电话回家，讲不到一分钟总是被催促挂掉。不是他不想听到我声音，因为，打电话要花钱。冬天如果我不回家，制暖的空调就不会打开，因为电费要花钱。往下挖五十米，人性都是相同的，有着相同的恐惧和痛苦。

一段经历的波长到底有多长？我们需要走上多少年才能从阴影里走出来？某个意义上，我们每个人都是幸存者：失恋的幸存者、离婚的幸存者、失业的幸存者、童年阴影的幸存者……但什么是真正的幸存者？像阿特的父亲这样算吗？犹太人像老鼠一样被捕杀，多年后，他却在儿媳妇载了一名黑人上车而急不择言：她是疯了还是怎么地。这是黑鬼啊！当儿媳妇反驳他的种族歧视时，他愤然：这样相提并论是不公平的。黑鬼和犹太人！——看到别人，比看自己更容易发现真相：我们多么容易成为苦难的人质，变成当初令我们痛苦的那种人。幼年时常挨打的爸爸，有了孩子，他也打孩子，我是被打大的。而我的经历绝非特殊。我知道无数父母，仍然在用小时候经历过的暴打对待自己的小孩。他们当然没有忘，幼年时自己曾经为此多么痛苦。

我们传递一场灾难的时间，比我们想象的要长得多。

如果说，《鼠族》让我重新定义“幸存者”，以及重新审视自己是否仍然在身体里传递着某种阴影，它也让我看到另一个边界。

在广场站队时，年轻力壮的、有工作证的被分到“幸运”队伍。年老的、多子女家庭、没有工作证的被分到“霉区”。弗拉德克的父亲，因为亲戚的照顾，被挑到幸运的一边，但他看到自己女儿被分到霉区时，“她独个儿该怎么过——还拉扯着四个孩子？”他翻过铁丝网，翻到了霉区那边。霉区那边的人，从此再也没有回家。

而弗拉德克，用他儿子的话说，“有时他活像是种族主义者妖魔化的犹太吝啬鬼”。他在集中营，喝汤前要被检查衬衫，没有虱子才有汤喝。可是谁身上没有虱子？他用法国朋友送他的巧克力，买了一个人的衬衫，用肥皂洗干净不穿，喝汤前，把洗干净的衬衫送上去检查。用这种方法，他每天能喝一顿汤。但我忍不住想那个被他换走衬衫的犹太人，赤裸着上身，他死亡的是否更快了？他像老鼠一样敏捷，像冰山一样冷静地跟死亡搏斗，孜孜以求能多活一天。即使是他，为了亲眼看一眼妻子安佳，离开已经混熟的牢头的庇护，像个傻子一样报名去另一个集中营干活，而那时，你永远不知道，“去另一个集中营”是不是就意味着去死；他想把妻子调到离自己近的新营房，为此要准备行贿：100 根香烟，1 瓶伏特加。每星期能发三根烟，一天的面包也能换三根烟。他挨饿，存东西，直到有一天下班回来，发现床垫下的东西都被人偷走。重新挨饿、聚敛财富、行贿，终于，他在新营房里看到安佳，“这是唯一的一次，我在奥斯维辛感到快乐”。

这也是唯一的一次，我在看这本书时感到快乐，同时流泪。即使在这种极限生存状态下，人的所有底线降为“活下去”一种，还有人为了女儿、爱人而奋不顾身，如果这不是奇迹，什么又是奇迹。而这种奇迹又多么平常，父亲为了女儿，丈夫为了妻子都可以做出。这是我们每个普通人都能有的奇迹，因为它，我们才能成为真正的幸存者。

有钱不等于现代化

离开国境之前，曾经过内蒙古的天空，很长很长的时间里，从飞机上往下看，都是密密麻麻的黑色天坑。月球一样坑坑洼洼，盐碱地一般荒凉。天坑是乱采滥挖的小煤矿坍塌形成。在空中看，此场景犹如地狱。很明显，有权力使用这块土地的人，他们不爱它。爱它的人，没有能力保护它。

而在欧洲天空盘旋时，看到下面的土地，一小块一小块绿地，整整齐齐，像小时候写字本上的“田子格”一样铺展开来。那种整齐秩序里明白地写着一句话：这是被爱着的土地，耕种的人爱它。“田字格”之外，是大片大片的森林、草坪。绿色，是草坪和树林。白色，是湖泊。即使是城市，也很难见到像北京、上海那种密集型的高层楼房，大部分是五六层，七八层的公寓，适合人居住。

在汉堡，印象最深的，是安静。在那里的第四天，傍晚在高架桥旁边走，一辆车坏在路边，后面的车，等了很久，终于短促地按声喇叭。我反应过来：这是我在这里听到的第一声汽车喇叭。回来后，我经过郑州，发现那里真像北京——在一切糟糕的方面：空气、堵车、机动车多得吓人……所有人都在拼命按喇叭，好像不按就吃亏了。我们需要这么多声音吗？我们需要这么多汽车吗？今年走过的几个城市，杭州堵车、昆明堵车、郑州堵车，济南也在堵。我们的 GDP 真的飞黄腾达到每一个城市都非堵不可吗？

在汉堡问路，我用我自己都听不懂的，结结巴巴的英语，拿一张小地图问路。因为赶着看音乐节的演出，要在二十多个酒吧剧场间赶场，我问过几十次路。最让我心折的，是一个酷似长大后的哈利·波特的中年男子，他穿着风衣，手里拎一把长柄雨伞，笑起来异常像哈利·波特，他本来匆匆忙忙，走得很快，明显在赶时间，被我拦下后，他先和我研究一会儿地图，一拍额头：哦，我明白了。你要这么这么走。看我仍面露不解，索性带着我，穿过两个红绿灯，走到另一个街道的豁口处，指给我：那是你要去的地方——唉，这是因为我的破英文造成的误解，那是我出来的地方，但我要去另一个地方。弄明白是误解后，他连声道歉，又研究半晌地图，最后，从他的文件夹里抽出一张 Google 地图，比我的更详尽，告诉我，我们现在在这里，你要去的街道，是那一条。可你要找的酒吧——他摊摊手，把他的地图送给我，作为一件表达歉意的礼物，然后走开。

其实，在国内，我也遇到过类似的问路经历，在北师大，同样是一个温文尔雅的男生，那是只有长时间的读书，学院中才能熏陶出来的举手投足，他也带我们走一段路才离开。两段经历中，重要的甚至不是他们都曾带陌生人走一段路，去找他们迷失的方向感，而是面对一个陌生人，他们表现出的耐心、善意，那种风度，才是一个城市看不到但又最珍贵的底蕴。但我不得不说，在国内，在北京，我问路时，更多时候，遇到的是闪躲、是警惕的眼神，戒备的神情，每次我都要快速把意图说明白，在对方躲开之前。我无意责备或批判任何人，因为我自己，在遇到过几次以问路为名，凑上来乞讨或行骗的马路遭遇后，再看到靠近的陌生人，我也会先警惕，先闪躲。而汉堡的几十次问路经历让我体会，原来正常的人际关系，正常的社会环境里，陌生人之间真的可以做到彼此温柔相待。

回到国内，在绍兴一个剧场里看演出，剧场条件很好，地毯厚厚的，座椅软软的，听说音响设备是几个月前用于世界合唱节比赛的设备。那条件，说实话，比我在汉堡看音乐节的几个剧场都新，都好。但演出一开始，音箱竟失真！一侧音箱砰砰乱响。对于一场音乐演出来说，这是不可饶恕的失误。在汉堡，音乐节是在红灯区，有二十多个剧场和舞台，有原本是跳艳舞的酒吧，有迪厅，也有原本作脱口秀演出的剧场。那些剧场好多已经有五六十年的演出历史。但是音响，并未失真，座位，依然舒服。只是地板的漆褪色得厉害，露出下面的木头，以及座椅上的沙发垫之陈旧，提醒你该剧场年事已高。对，如果说硬件，我们国内比他们新，比他们更“现代化”，更舍得砸钱的场地多得是，可是通常在这些场地里，你听不到好的音响，即使有好的音响，也没有一个懂调音的人。我一个做演出的朋友，遇到过无数次，做演出时，在一些不起眼的场合，比如什么大学，某某礼堂，配备有几百万的调音台和音响，可是，操控这些音响的人不让他动调音台，他们自己也不动——不懂，怕碰坏。

这不是有钱没钱的问题，它让我知道光靠砸钱砸不出一个现代化。

在汉堡，好几次，我过马路时，看到对面拐过来一个大公交，我赶紧停下来，让它过。但每次都发现，无论是小汽车，还是大公交，都会主动停下来，等行人先过。我呢，颤颤巍巍不敢过，我们就这么相互等来等去。我是被国内的汽车培训出来的，每次人行道亮起绿灯，转弯的大公交小汽车川流不息，速度之快，似乎成心要把人撞死。带着那种恐惧，当我发现机动车竟然给行人，我，一个微不足道的个人让路时，我受宠若惊。

汉堡不仅白天安静，夜晚也静。我以为德国人没有夜生活，拉开酒吧的门，巨大的电子音乐潮水般涌出，里面灯红酒绿，人声鼎沸。关上门，外面静若处子。一条看不见的界限，但又泾渭分明。在汉堡，这条看不见的线，处处被感知，大概来说，既是公共区域用途划分明确，每个人都恪守不干扰别人准则，因此，别说公共区域大声放音乐、在马路上对行人狂按喇叭属不正当行为，连看演出时，多咳嗽几声都被旁人怒视——懂得维护自己权益的人，就懂得维护他人权益。反之亦然。

在网上，这篇文章引起争论。有人说，认为这个国家不好，立马出国，和这个不好的国家划清界限，然后才有资格骂这个国家的不好。我却觉得，站在国外骂中国，是站着说话不腰疼。只有在中国的人才有资格批评中国。因为我在这里，承担一切风险和痛苦，与这里的人过着一样的生活，呼吸同样污染的空气。这个承担给我资格。我不想移民，作为一名以汉语为写作工具的人，我和我的同行们的任务就是凝视眼前一切，记录一切。一个更美好的家园不会凭空而来，但我们可以保持期待。

2010-10-18

因为我们又怕又不爱

“3·15 那天，我们突然发现什么都不能吃了”。网上的段子总是及时反映心声，真是的，一天之内，我们发现了健美猪、烂皮鞋为原料的假阿胶、锯末胶囊；还得算上更早时候，等不及 3·15 就积极面世的糖海参、胶面条、皮革奶……

这些，不是某个小集团在研究室里研究出来的生化危机，不是几个具有反社会人格的科学怪人弄出来的超级病菌，它们如此普遍，普通，它们辐射辽阔，走遍了祖国的山山水水，它们就在你身边，就在我们每个人的餐桌上。它们就像当初的三聚氰胺一样，不是少数人的作为，而是人海战术。

在中国，最可悲的是，每当一件坏事曝光，你都会听到一个小声咕哝：但是整个行业都这样呀。三鹿加三聚氰胺，蒙牛加，伊利也加 1，因为，“整个行业都是这样的呀”。2008 年三鹿有据可查的有毒婴儿奶粉有七百吨 2，这不是一个人或十个人的小分队，戴着黑口罩，待在一个黑屋子里偷偷摸摸加进去的，它必然是一个庞大的流水线，

1 资料来源：国家质检总局《液态奶检出三聚氰胺的批次表》，表格刊登于财经网《蒙牛伊利光明部分液态奶含三聚氰胺（附名单）》一文

2 资料来源：每日经济新闻《700 吨三鹿婴儿奶粉遭三聚氰胺污染》一文

流水线上的工人有多少？中高层管理人数有多少？他们会不会向自己最亲近的人叮嘱：不要买国产奶粉？因为里面有毒？所有这些知情者，都是正常的，跟你我一样的，普通人。他们知道三聚氰胺会致死婴儿吗？他们自己，会去超市买自己生产的奶粉给自己孩子喝吗？

之所以又想起三聚氰胺，想起所有这些产业潜规则里，癌症一样的黑色利益链，是因为最近的抢盐风。

日本地震，中国抢盐，这件事，说起来真是惭愧。前面有震后日本人井井有条的避难、便利店免费供应食品，公共场所万人避难后找不到一个烟头的图片，后有我们全国各地抢购碘盐，人们在拥挤中变形的脸的照片。两相对照，的确惭愧。但我们有资格去笑话他们吗？可能你回到家，妈妈会高兴地报告刚刚从超市抢到最后两包盐。是的，那些抢盐的，不是精神病患者，他们也是我们身边的，普通人。我们没有抢盐，但我们也曾经传播过"日本核辐射明天到达中国""欧洲火山灰飘散中国出门记得打伞"，我们也抢购过板蓝根……我们，也曾经无理性、无厘头地恐慌过。我们这些普通人，为什么会集体作恶？为什么集体无理性恐慌？

汉娜·阿伦特在报道对犹太人大屠杀时，提出"平庸的邪恶"，它指因不思想、无判断、盲目服从权威而犯下的罪恶。我们国家没有大屠杀，但所有这些，默默地在奶粉中加入三聚氰胺、在胶囊中加入锯末、在熬阿胶的锅里丢入烂皮鞋、所有这些黑色流水线上的工人们，是否算另一种平庸的邪恶？

以及那些主动作恶者。养健美猪的，是农村的养猪户，他们喂猪吃瘦肉精，一头猪能多卖几十块钱，这几十块，在物价飞涨的现在，就能让他们的生活过得更好一点。给苹果打蜡的，是小本经营的卖水果的小贩，他们连坏掉几个苹果的损失也承受不起。给面粉加增白剂，因为不白，人们不爱买，卖面粉的小贩承受不起顾客流失。用地沟油的餐馆，服务员睡在什么环境里？厨师睡在什么样的环境里？他们自己吃的是什么？他们没有被“好好”地对待过，他们也就不会对别人“好”。

我是在为犯罪开脱吗？

不是。

会有人来定他们的罪。我只是解释。

没有被当“人”对待的、没有得到过人的尊严、人的尊重的人，也就不能把别人，尤其是陌生人当“人”对待。

义愤填膺地评论他们的同时，我们是否也该自问：这些庞大的几十万几百万人群里，难道就没有我们的亲人，甚至我们自己？我们是否也曾“身不由己”而服从于错误的命令？或者，当错误命令下达时，我们是否能抵抗住压力拒不执行？要知道，所谓的错误，可能并不是让你到集中营杀人那么极端，只是一点点的不舒服——比如，命令你去砍几百棵具有八十年历史的法国梧桐？

抢购盐，不是第一次，也不会是最后一次。我们的爸爸妈妈可能就在被挤得变形的人群里。政府说，没有事。这更让人担心。抢盐，说明我们的社会，大部分人是生活在无政府状态的恐慌里。这不是他们的错。这是某些机构的信用破产，使普通人无所相信。但会有报应，虽然它来得很慢。前几天看报道，在中国的奶制品市场份额，国内品牌只占百分之十。对，这就是报应。在那些蒙牛、伊利傲慢地“道歉”时，在三聚氰胺奶制品三番几次重现中国时，在肾结石宝宝家长欲告无门时，在食品安全迷雾重重时，这个报复的种子已经长成参天大树，大家用钱投票，甚至跑到香港排队买进口奶粉。用一张张人民币投出这个份额，它的潜台词是：我——不——相——信。

我们容易集体恐慌，因为我们从小的教育里，只有怕，没有爱。我们害怕一切：怕权力，怕有钱人，怕房子涨价，怕没钱养老，怕物价飞涨。我们害怕一切，但没有敬畏。不敬畏自然，所以砍树；不敬畏真相，所以撒谎；不敬畏知识，所以缺乏常识，常常陷入歇斯底里的恐慌。因为没有爱，所以，恐慌来临，我们这些普通人，就恢复成一个个单独的土豆，个个单打独斗，把社会变成弱肉强食的丛林。

只有爱能凝聚人。我庆幸地看到，南京梧桐树事件中，所有南京人非南京人的凝聚力，以“散沙”“土豆”“实用”著称的中国人，第一次为一件甚至不是自己家的事（梧桐树又不能种在谁的家里），为了件跟审美有关的事情团结起来，表达心声。

只有知识能让人免于愚昧。抢盐风据说始于绍兴，绍兴的朋友蔡老师，决定跟他的学生在下午第一堂课谈谈盐的问题。我相信他的学生不会再去抢盐。

我相信真相的力量，知识的力量，爱的力量。

希望我们的下一代，永远不会去抢盐。希望我们是中国式恐慌的最后一代，也是终结者。

给强强的一封信

强强小朋友你好：

当编辑约我给一个小孩写封信时，我想到你。前几天看到你出画册，先祝新书大卖！

和许多人一样，知道你，是因为你的父亲，夏俊峰。2009 年 5 月 16 日，三十三岁沈阳小贩夏俊峰在城管勤务室里刺死城管申凯及张旭东，并刺伤一人。2009 年底，一审以故意杀人罪判处死刑，2011 年，辽宁省高级法院终审维持一审判决。至今本案仍在等待最高人民法院的死刑复核。

说不清为什么，四年过去，这名字仍被人牢记。也许它触动的是一根古老的神经：一个弱者与庞大机构、民与官之间，力量悬殊的对比。像蚂蚁与大象。这个庞大组织不止是城管。他们当天来了四辆车，十多个队员，围剿一米六五的夏俊峰及其妻子是手到擒来。但它身后那个机器更为庞大。它可以在一审中阻止辩方的六位证人出庭，并坚称夏俊峰未被城管殴打。

一边是铜墙铁壁，一边是一个小贩，前下岗工人，现囚犯。我们看到巨大悬殊，他的生命犹如鸡蛋，随时会被铁锤击碎。

对我，这名字还有一层私人情感。在 90 年代的国企改革中，沈阳有百万工人下岗。2009 年我到沈阳时，感觉这百万人口似乎都消失了，下岗重灾区——铁西区也建起高档楼盘和商场，看上去富丽堂皇。我住在一位朋友家。他妈妈至今还是一名小贩，在东北零下二十度的露天市场，卖衣服。朋友的姐姐一家也是小贩。朋友说，他认识的人，好像就没谁有正经工作。

夏俊峰案传来，一下想起天寒地冻中，成片一模一样的小区，厚厚的积雪，肮脏的道路，萧条的气氛，跺着骨刺增生的痛脚取暖卖衣服的那位阿姨。他们像这富丽堂皇城市的难堪的内脏。还有那个疑问：数百万下岗职工去哪儿了——他们去当保安、开出租车、做小贩、摆地摊。想尽一切办法活下去。

该案只是开始，让人看到“城管—小贩”冲突之暴烈。之后，还会有 2011 年重庆城管推搡小贩，后者自高处坠下摔出一地鲜血；2013 年女小贩被城管掐脖、她一岁半的孩子大哭要妈妈抱的照片在网上疯传。而这也只是冰山一角。它们折射出社会矛盾之激烈，是千万下岗人口要活下去的努力，与嗜好大广场大马路大商场的行政意志之间的矛盾；是有车的人不愿马路被小贩添堵的矛盾；是我们现代文明高档整洁的城市规划里不希望有穷人扫兴的矛盾。但在一个失业人口达两亿（语出温总理）的国度，地摊无可替代。它缓解就业压力，提供更廉价的商品。我喜欢的小说家路内，有段时间在路边卖袜子。我说卖烟都比卖袜子强啊。他说，当时的钱只够进两包袜子。我自己，曾在路边发过英语培训班的传单。今年号称毕业生的寒冬，而我家地铁附近多了许多年轻人在卖衣服——一席之地，却是穷人的救命之所。

夏俊峰下岗后四处打零工，钉过箱子，做过推拉门，干过空调厂，最后摆摊卖炸串。我看到，一个人努力为自己找出一条生路，但每一条生路都被堵死——工厂倒闭下岗、摆摊被城管驱逐。这也是此案为何备受关注，许多人，都曾在生命某阶段做过小贩。我们都可能成为夏俊峰。于是，网上此案争论格外激烈、两极化。一派坚信城管“没有打人”（此派人数较少），另一极，则拥夏俊峰为英雄，高呼杀得好。

被杀的两位城管是夏俊峰的同龄人，一个未婚，是家中独子；另一个带着老婆孩子与父母、因病至今未婚的哥哥，挤在一处五六十平方米的房子里。为何欢呼？有何值得庆祝？社会矛盾激化，无论是驱逐者还是被驱逐者，无论是杀人者或是被杀者，同为制度受害者。与其争论城管有没有打人，不如探讨“城管”制度的合理性，如何从根本避免悲剧再次发生。

前几天，我遇到一位台湾老师，他家世代务农，种水果。对“卖水果”非常了解。讲到菜市场，我说，若有人不愿花摊位费进菜市场呢？他说，还有一种叫市集，免费，进去交易就好。还有，许多菜农是早起卖菜，卖完就走，警察也不大管。另外还有民间组织。比如我家种枇杷，农民会组织枇杷产销班，到枇杷产期，它会去找农会（也是农民自发组织），农会帮大家找销售渠道。比如在台北做一场枇杷展销会，场地费它出。我吃惊地：难道不是农民给它钱吗？怎么连场地费也由农会出？老师笑着点头：它争取农民，为了选举，为让你存款到农会。——我当时想，这种制度不会出现夏俊峰。

好制度，是服务型社会，人们习惯互相帮助。坏制度激发暴力。

那些指责游贩为何不进菜市场或租赁门面，光明正大做生意的人，有没有了解一下本地菜市场摊位费、门市房的月租金？本该是公益性质的菜市场，在各地承包给私人后，摊位费一路飙升，综合各省会数据，一个摊位年租金在两万至四万间，且多为半年或一年付。做小本生意的不想进，很正常吧？更别提寸土寸金的门市房，夏俊峰们哪租得起？他的人生中，谁曾给过他帮助？不说缺失的官方救济，我们有像样的民间组织互帮互助吗？而事发地如今为沈阳有名的夜市，每天交二三十元管理费便可自由摆摊，如此荒诞现实又让人百感交集！城市规划，是不是本该给地摊留出空白，如台湾那样？还要多少个夏俊峰，才能重新审视我们的规划，使之更人性，更符合当下国情？

强强小朋友，很抱歉，我说了这么多你可能听不懂的话。和台湾老师聊天后，我一直想起你父亲。是否像孙志刚案引出收容遣送制的废除，时代需要一个“夏俊峰案”引发人们对“城管”制度的高度审视？至少，在一篇新闻结尾，我看到“一位卖小电器的老人对记者说：‘夏俊峰的事儿出现后，城管至少不敢再打我们了，但看见他们，我们还是会跑。’”——“至少不敢再打我们了”，算一种进步吗？可是你父亲和那两名死去的城管，为此又付出多么大的代价。我又为这种“时代需要”的念头感到抱歉。即使真的“时代需要”一个夏俊峰，那么，身为时代中的存活者，既得利益的我们，也应对此有所认识，该对时代的祭品有所歉意。

所以我写信给你。才十二岁，你过早感受到黑暗与不公。2012年，你被同学打成轻微脑震荡，妈妈问为什么不还手，你说：“我还手，他说我爸是杀人犯怎么办？我把他打死怎么办？他打我一下我不还手，打我两下我不还手，他打完我第三下，就不打我了。”记者给你拍照，你总捂住脸，怕被同学发现你的父亲是个杀人犯。

作为成年人，我为我们给你一个这样的世界感到抱歉。我们本该努力让它变得更好。所幸你有个了不起的妈妈，只有初中学历的她几年中学会上网，发微博，找律师，给你办画展——只为“让这案子不要冷下来”。她对记者说：“如果结果不好，我一定跟我儿子说，爸爸是得心脏病没的，我一定要让儿子觉得世界是美的、好的，起码让他的人格是健全的，不会仇视社会。”她努力保护你的心灵免受仇恨吞噬。

我还看到，在你画册里，有一句说明：所得将悉数捐给强强一家和两个城管的家庭——在暴戾的世界，如此善意弥足珍贵。

我喜欢的一位女作家，徐晓——顺便说，她也曾坐过牢，强强小朋友，有一天你会知道，坐过牢的不一定都是坏人，当你生活在一个权利受到限制的年代，“要么你放弃自己的权利，要么你就是这个社会的叛逆者”——她说：“相对于政治的社会的道德的标准来说，审美是更稳定更恒久的标准，只是它也许比任何标准都更高更完美，因而更加难以企及。”也许你现在还不懂，但你的画，已在践行并验证这句话。

用儿子画展挽留丈夫生命，以画册收入帮助三个受害者的家庭，这其中的美和爱，跨越仇恨的鸿沟，凝成一束光，照亮世界。

所以，你很珍贵，强强，你的画是这光的源头。我还要说，不要被生命中最初的障碍困扰。当有一天，你能直面镜头，坦然诉说你父亲的遭遇，你会发现，说出来比遮掩好，说出来，意味着见光，而不是变成心头的一个疤。当然，那是你长大后会明白的事，就像这封信，也并非写给当下的你。

祝 快乐！

绿妖

又：2013年5月31日，“城管界”又爆丑闻，在执法过程中西安城管双脚起跳，暴踩自行车店老板的头。这张动态图激怒了每个看到的人。而央视随后的采访披露，城管队伍多由没有执法权的协管（临时工）组成，这支在执法权限上漏洞百出的队伍也正是当下“城管界”的缩影。当学者还在探讨城管本身的法理合理性时，这支队伍已经接近失控地衍生出“协管”。仍然是那句话：还需要多少个夏俊峰、多少个小贩被暴踩脑袋，才能引起人们重视这一接近失控的城管制度呢？祭坛上需要多少个祭品，才能启动一个人世间的修改程序？

*本文为《新京报》六一约稿，后未能刊登。

*2013年9月25日，夏俊峰因故意杀人罪，被执行死刑。

她的痛苦熠熠生辉

《半生为人》有一种熟悉的气息，像家里洗干净压在箱子底下的衣服，忽然拿出来，旧了，但是味道却是熟悉的。它里面就是七十年代的气息，八十年代的气息。我曾经多么熟悉它们，并对它们念念叨叨——我肯定是赶不上八十年代的北京了，但我愿意听我的一位女朋友讲九十年代，那时候的北京，还残余着一些八十年代的气味，人们爱聚会，在聚会上朗诵诗歌，喝酒，谈文学，谈恋爱。我怀着崇敬跟憧憬听着这些逸闻。而她讲起来也神采飞扬。可这也改变不了一个事实，我离八十年代极为遥远，毫无瓜葛，并且，八十年代的理想主义，以及它那时的种种主题，都曾成为后来研究者的批判对象，那是不可避免的，从一个强横的意识形态阴影中分立出来的文学或理想主义，往往带着它所极力反抗的对立面的痕迹。

《半生为人》就是这么一本八十年代的书，作者徐晓对自己的反省是苛刻而近乎自虐，对自己灵魂的追问也是无穷无尽。她丈夫周鹂英婚后不久就开始住院，她的生活变成永恒的医院——家中——单位，她每次回家都思量着这次能卖点什么，她想象有一天她搂着自己的孩子和丈夫坐在只剩下四堵墙的家为终于穷尽一切可能而无比平静。但她的压力又远不是钱可以解决。她读过的书里说，陀思妥耶夫斯基曾经说，我怕我配不上我所受的苦难。徐晓骄傲地说，自己的丈夫周鹏英，配得上他所受的痛苦。

“他总是静静的，没有人听到过他喊叫或者呻吟，‘打碎门牙往肚里咽’是他的看家本领，让所有人都走开一个人静静地待着是他的拿手好戏。那时我之所以有时候要一天三次往医院跑，是知道他不到万不得已绝不会轻易喊医生或护士，常常是高烧三十九度还没人知道。下胃管对于他好像是吃面条，不管什么样的治疗，不管是年轻大夫，还是实习护士，他总是说：来吧，没关系，一次不行再来第二次，第三次……他手臂上总是青一块紫一块的。新来的护士觉得奇怪，为什么这个病人那么特殊，不是他听护士的而是护士听他的。医生告诉她：这个病人特别能忍，如果他说痛就一定是真痛，给他用止痛药不用医嘱。”“其实他并不是天生的强者，只不过他清楚自己的位置，懂得怎样成就自己，如同北岛懂得怎样使诗句来得响亮，史铁生懂得如何把小说写得精彩；或者说，如同一个工人懂得如何把活儿干得尽可能漂亮，一个厨师懂得如何把菜尽可能炒得地道。”——这些像秤砣一样沉重的句子里，满满全是八十年代的味道。那是一个人们寻找生命意义的年代，周鹏英通过对痛苦的忍耐和征服，塑造他作为人的尊严。而徐晓，她的方式是女人式的，她看护丈夫，同时担心被她单独留在家里的三岁的儿子。她去求厂家施舍给她一种特效药，同时为自己的卑微和不能回报而痛苦不安。她永远是不安的，焦灼的，即使丈夫的葬身之所她都感叹自己不能为他找到一个更理想的地方。可是她也配得上她所受的痛苦。无论站在上帝或是任何人的面前，她的灵魂都熠熠生辉。不止一次，看这本书时，我想到佛教中说的“甘露”，她就有这种能力，她可能不够强大，没能力挣50万的年薪让家人过得更好，她也不是像北岛和芒克那样的天才诗人，在中国现当代文学史上留下一笔。她以她的方式成就自己——以对痛苦的忍耐和无休止的行动，以她并不完美却柔和强大的女人的力量，像一颗菩提心，微微地却是持续不断地发着光。

“也许上帝最终对一切人都是平等的，他绝不把你承受不了的东西强加给你。”她这么说，也平静地领受了自己的命运。她的命运不算这本书里最坎坷的。她说，从六七十年代过来的人，坐牢不算什么特别经历。一次聚会，在座六人，四人坐过牢。而她跟朋友的两人聚会里，两人都曾坐过牢。坐牢不算什么，没有自由、行动受限制不算什么，当你生活在一个权利受到限制的年代，要么你放弃自己的权利，要么你就是这个现实社会的叛逆者。她觉得当一个社会的叛逆者也不算什么。可是她说：“一个人，并不能因为承受了足够多的苦难，就可以无视、藐视别人的苦难；至少，它还可以让你记住：你没有资格把你的所谓苦难经历当成个人的人生资本，因为付代价的绝不只是你一个人，甚至不只是你的亲朋好友，还有许多完全与你无关的人。”这句话令我震惊。要对自己灵魂穷究多少次，才能不仇恨、不虚荣、不当作资本去谈论自己受过的苦难和迫害，我不知道。我只知道，她无愧“八十年代”。八十年代因为有了她，有了她这些话，让我重新打量，并且肃然起敬。

写到这里，我还是不知道八十年代是什么样的。如果说是纯粹、理想主义、不计成败得失地追求精神上的丰盈，我觉得徐晓和她的这本书是的。但她的这本书，我认为，也已经超越了充盈于八十年代的政治阴影。她当然也写政治，不可避免，不管她把自己的牢狱之灾简化到多么轻描淡写。她在《华盛顿通信》中，对一位想保护儿子远离中国文化基因里的邪恶和虚伪的母亲说："相对于政治的社会的道德的标准来说，审美是更稳定更恒久的标准，只是它也许比任何标准都更高更完美，因而更加难以企及。"她自己，在审美层面上，与儿子达成了共识。而我，为这句话，感谢她。

2010-4-22

欢迎来到地狱十七层

穷人为什么穷？无论中国美国，主流对此都有种没明说但心照不宣的观点：因为他们懒、酗酒、赌博……曾有条被疯转微博，一位妈妈卖盗版光盘被城管追赶跳入水中，当时，一位女博士点评说北京好月嫂都月入过万了，何必要选这么苦情的生活方式？此微博后被证实为谣言，但抱小孩卖毛片的中年女性的确曾是北京一景。中产阶级的眼界不是穷人的眼界，正如本书作者也苦苦思索，劳工为何不要求加薪，或寻找更高薪工作，甚至组织工会，维护自身权益？答案是，越贫困，越无力。

畅销书女作家芭芭拉·艾伦瑞克进入美国底层，体验在时薪 6~8 美元下，辛勤工作是否能生活下去，她的答案是：不能。除非你跟别人合租房子，或者打两份工。

她在三个城市当过餐厅服务员、旅馆服务员、清洁女工、看护护理及沃尔玛的售货员，她努力工作，也努力尝试收支平衡，为此她曾勇猛打两份工，一周工作七天，每周还能在打工的看护之家免费吃两三餐，这些都帮助了她。但到旅游旺季，房租将上涨三倍，身为女佣的她，只能再次破产。

作者有穷人没有的优势：在前面的几十年，她有高于一般水平的医疗照顾、良好饮食，她常年练举重，身体“是不寻常的结实”。

并且，就这个实验来说，她作弊了，她给自己租车，用信用卡付费；每到一个城市，她备有一千多美元的起头基金；她开了外挂，却仍然没有打赢。

我一度觉得这本《我在底层的生活——当专栏作家化身女服务员》是来黑美国的，因为美剧、好莱坞电影不曾说过，还有这么个美国存在：低薪白人劳工，三四人挤在一个小房间里生活；怀孕的清洁工摔伤也不敢请假，一天没薪水，第二天就没钱买杂物；沃尔玛的员工付不起房租，住在收容所；背着十几磅重的吸尘器吸尘、跪在地上擦地，女佣们话题热点是哪个牌子的止痛药最好用；没有健康保险，因为太贵，这意味如果生病，你要比别人多花钱。

女招待考虑搬入每晚40~60美金的汽车旅馆（她每天才挣四十多美金），作家惊讶问她怎么想的，同事像看笨蛋一样看着女作家：我上哪儿弄一个月的租金跟押金去租公寓？而女作家，之所以能租到月租500美金的公寓，是拜她从自己的现实世界带来的1000美金付押金及头一月租金所赐。

不断上涨的房租是穷人的噩梦，作者发现，穷人越来越地多住在汽车旅馆。后者可以按天结账，犹如鸦片，诱惑现金紧张的穷人陷进去，微薄的积蓄被烧光，更加不可能有钱租公寓。作者发现有两个男人轮流睡一张床，一个人睡觉时另一个在车上打盹。而我忽然明白卡佛小说里的那些穷人，那些卖掉农庄，揣着全部积蓄进城找工作的一家人，在一间汽车旅馆里住下去，某一天又一声不吭地走掉——他们就是汽车旅馆鸦片的受害者，他们不是走掉，是掉入地狱的更下一层。

作者认为，穷人破产，因为薪水太低，而房租太贵。这一点中国读者想必也深有共鸣。当房租犹如奥运会田径赛道上的博尔特般一路狂奔，穷人只能不停搬家，搬入一间又一间不带家具的公寓，锅碗瓢勺家具又是一笔钱；或入住汽车旅馆胶囊公寓，只剩一张床那么大小的房间，你证悟到睡觉和死亡何其相似。而无法做饭的后果，是你要花更多钱在吃饭上。最终，她，还有我们，均不难发现一条荒谬定律，如果你穷，你就得比不穷的人花更多的钱，才能活下去。这不是美剧中的美国，但它并不陌生。全世界的金钱流动法则相同：钱生育钱，贫困生育贫困。

作者有强烈的政治立场，而她真实凶残的打工经历平衡了她的倾向。说到底这并不是一本坐在空调房间凭政治理念写出来的书，她一天工作九小时，住在没有纱窗空调电扇的旅馆，因为锁不上门，不得不和衣而睡。而她的工作，是在 35 度高温下打扫“有五套浴厕的房子”，撅起屁股，跪于大理石地板，用抹布擦过每一寸地面，擦干净整排玻璃门上的每一个指纹，而且遵循女仆美德，不在主人家喝水；是每周六日服侍近四十名阿兹海默症老年病人吃三餐、清理餐具、擦桌吸地，“我只能全力跟上洗碗机吐出盘子和脏盘子涌进来的速度”；午饭是高速路上停车上厕所时的五分钟；上厕所要打卡。即使这样，仍有几次，她不得不求助于慈善机构，后者提供的免费食物，对没有冰箱的穷人来说并不实用；而一个“平价”通铺床位，每晚也要 19 美元，慈善机构的小姐建议她“搬进收容所”，以便存到足够的钱交第一个月的房租和押金。

她将自己奉献为小白鼠，而我们得以观察，贫穷是如何侵蚀一个人的精神。

作者自己能从时薪5.15美元的餐厅跳槽至时薪7.5美元的餐厅，因为她有车，可四处应聘，上班范围更有弹性。她的同事若换工作，交通是大问题，甚至需更换住处。穷人比富人更保守，更不愿意改变，就像奴隶比奴隶主更保守。物质上的窘迫，使他们承受不起改变，冒不起一周没工作的风险。那意味着他们会挨饿，从现在的房子被赶出去，掉到地狱更可怕的下一层。

但作者在找工作时呈现的状态，她的精神活力、她的勇气才是她和她的同事们之最大区别。同样被羞辱及盘剥，她跃跃欲试组织工会，她的同事却只希望偶尔请一天假，第二天还能有钱买点杂货。这一部分也可用来解释教育的重要所在，作者隐瞒了博士学位，却拿不走自己的思维。精神的贫困是穷人解脱贫穷的最大障碍。

两个多月的底层生活后，作者的背伤复发、全身起了疱疹，并且，她身为“民主社会主义者”“女性主义者”，对底层人民抱有的博爱之情，慢慢变淡，代之以麻木，甚至仇恨。一个身高不到一米四的女售货员跟她起了纠纷，她看着后者踩着梯子才够得着高处衣服，一股恶意涌上，“希望能看到她啪的一声摔到地上”；而残疾员工忧伤地坐在轮椅里，她看到第一感觉是“至少你还坐着”。——她忽然意识到，如果自己的父亲没有脱离矿工身份，如果去掉自己的教育程度，也许自己就是现在这样：苛刻、狡猾、满怀怨恨。她没有强调，但读者可以自行总结：穷人仇恨穷人。这不是什么新鲜事，却让人难以面对——穷人不都是善良的么？法国作家塞利纳在他1935年的《茫茫黑夜漫游》里写道："我们之间有五个法郎的隔阂，就足以产生恨，希望他们统统死光。""五个法郎"，可以换成一个小升初名额、一个工作机会，甚至仅仅是高峰期公车上的一个座位，它仍然"足以产生恨，希望他们统统死光"。不信你看北京上海贴吧里，那些铺天盖地的"外地人滚出去"。

贫穷是一种专制，它培养自己的奴隶。当你习惯于被剥夺自尊，习惯于被当做一个小偷/懒虫/酒鬼对待，当你常年生活在社会边缘、你存在的意义被抹去，宛如你根本不存在。而打开电视——无论中美——都是老板，男女白领，即使是喊着奋斗的北漂，住的也是你这辈子都住不上的三室两厅，它会让你以为"只有我自己才是不正常的"。精神上的专制就此完成。穷奴大抵上有两种，一种借仇恨别人获得自己高人一等的存在价值感，一种则接受自己是最弱的，就像那些被迫在自己的社会体系中落入屈从位置的沮丧的猴子，它们变得焦虑而退缩，不再挣扎，甚至对自卫也毫无兴趣。

借助铁丝和剪刀，能培养出自然界不存在的侏儒松，定型成功，即使松开捆扎铁丝，那些松树也固定在扭曲的姿态。同样，精神上的专制，令你在内心相信自己就是个侏儒。芭芭拉·艾伦瑞克细腻雄辩地写出精神的毁灭之路，我却在其中看到熟悉的人脸，作为经历了大饥荒的幸存者的后代，她绘出的精神贫穷者的肖像我并不陌生。那些脸在我们周围漫游，如恒河河沙，又似幽灵。

怎么办？也许没有一个药方可以取消贫困，但至少下次看到一个走投无路的穷人，在指责他懒惰、酗酒之前还可以多想一秒钟；

在大吼“外地人滚出去”之前，还可以思考一下这仇恨从何而来；即使我们的初始值是一棵被剪成侏儒的盆景，也可以在松绑后尝试站起来，笔直地站成一棵树。

开外挂的女作家，无论如何也做不到收支平衡。但实在要流浪街头时，她可以挖出自己的信用卡，大吃一顿。可是现实中真正的穷人，她的同事们呢？

我想起《没有人给他写信的上校》的最后一段：绝望的妻子揪着上校的领子，问这些天我们吃什么？

> 上校活了七十五岁——用他一生中分分秒秒积累起来的七十五岁——才到了这个关头。他自觉心灵清透，坦坦荡荡，什么事也难不住他。他说：
>
> “吃屎。”

2014-07-23

撸起袖子和这个肮脏琐碎的世界周旋到底

印度有数百万的流浪儿童，做童工苦力，被虐待、袭击，被痢疾、黄疸病、肺结核和艾滋病侵蚀。如果你遇到一个奄奄一息的儿童，你可以带他看病。可是数百万的儿童，你帮得过来吗？你给医院送去，医院拒绝治疗怎么办？你报警，但是警察也不知道怎么帮助一个赤身裸体的女孩，不想因为采取行动而给自己增加大量的文书工作。所以他选择不作为。这也是大多数人的选择。在我们不知道怎么帮助一个显然会给我们带来大量麻烦的人时，我们通常会垂下眼，沉默地走过去。

在巴西，数千万人生活在贫民窟，没有像样的住房、干净的水和卫生条件。孩子们常常患有肺炎、肺结核、风湿热、贫血病、皮肤病，以及由被鼠尿污染的洗澡水和饮用水引发的细螺旋体病。小孩生病后被送入公立医院，治愈后回家，几周后病情重发又回到医院。许多患者的母亲是单身，住简陋的棚屋，缺乏基本的卫生、营养知识，没有条件给孩子护理或预防。她们甚至挣扎在失业了下一顿饭在哪里的困境，你跟她讲，要给孩子适当的营养或符合卫生条件的护理，有什么用？

在以上两种情境中，大部分人都会说：这是政府的责任。耸肩，摊手，骂政府。

1996年，出身于优渥家庭的杰鲁·比利莫利亚成立1098儿童热线。怎么帮到数百万的街头儿童？首先，联合一切能联合的资源。比如，孟买的数百个儿童服务组织分散，相互间缺乏交流。杰鲁招募学生，编一份有一百多家孟买儿童服务组织的名单，包括24小时提供服务的收容所，可长期住宿的机构，提供法律、健康、心理、教育服务、职业培训和戒毒的组织。接着，大量的协调，一个月后，14个组织签约加盟“儿童热线”；她说服孟买和德里电信局开通一个救助孩子的免费电话，即如今的1098。为推广1098，她招募更多的志愿者（主要是流浪儿童）散发该号码。第一年，儿童热线接了6618个电话。

警察和医院是儿童热线绕不过去的难关。杰鲁联系一个市政组织（高危儿童协调委员会）、联合国儿童基金会，请他们组织一次会议，邀请警方青少年援助部门来了解儿童热线。最终，儿童热线和孟买警方建立合作关系。警方认识到，儿童热线的存在，简化了自己的工作；而经常因为孩子脏、没身份证等原因拒绝收治的医院，是下一个攻克目标。热线培训自己员工，掌握基本急救知识，送医院前，先把儿童收拾干净。同时培训法律知识：印度公立医院不能拒绝收治任何一个需要医治的人。

到后来，1098热线成立的顾问委员会中，有政府官员、卫生官员、铁路官员和警察。怎么做到的？当这些官员发现，儿童热线可以做到他们做不到的事，可以让他们的工作变得更容易时，合作就变得便利。比如，那个看到一个赤身裸体的女孩的警察，拨打1098，按照提示，把小姑娘送到一个有社会工作者和教育项目的收容所。

他不会因此增添无穷无尽的麻烦，这让他做好事的成本降到最低。

截至2007年5月，儿童热线覆盖印度的76个城市，被纳入印度政府的儿童保护政策。有87个国家开通98条儿童热线。

同为女性，巴西的薇拉·科代罗是一名内科医生。她发现许多贫民窟的儿童在出院几周后，因居住条件或不良生活习惯而重返医院。她想改变这一现状，面对的是大多家庭的经济困境甚至绝境。她设立“重生协会”，第一笔经费是拍卖母亲的一套刺绣床单筹到的一百美元，医疗资源是她医院的同事，办公地点，是暂时被允许在医院（一年后被赶出去，在一个露天公园的废马厩中继续办公）。

协会到处找人捐助乳品、药品和食品，除了这些，还向病童母亲提供阻止疾病复发的方法。为让母亲们配合后续护理，科代罗免费提供6个月的补品及药品，只需母亲承诺每月至少来协会两次。在第一次的时候，协会会询问她们：家里有自来水吗？有厕所吗？孩子有床睡吗？之后的6个月，协会跟营养专家一起，制定治疗计划，包括装屋顶、调整孩子饮食、养成喝开水习惯，为孩子弄一张床。“关键是要让母亲们确切地知道自己的目标。”

她招募大量志愿者，后者通常是中产阶级女性；她善于网罗人才，比如发现一个来捐玩具的男子是一名心理医生时，立刻说：我们需要你！请你进屋看一看这个即将离世的孩子吧。从此，心理医生成为协会一员。

薇拉说：“在一个以腐败、冷漠为主要特征的政府系统里，公立医院是为数不多的几个向穷人开放的机构。孩子的疾病是一个家庭的大事，它可能引起一个家庭的变故。只给贫穷孩子提供医院治疗但不坚持到底是不行的。这是一种新思想，卫生系统还没有做好接受这种新思想的准备，因此，公民们必须自己建立这些体系……协会正在帮助巴西人民发扬自己的公益精神，也在把上层和下层两个阶级的人们联系在一起。”

自1997年起，这一模式被9家医院接受。截至2002年，协会援助近两千个家庭的6000多名孩子，有600多名母亲完成美甲、美发、刺绣、缝纫和计算机操作的课程。协会提供贷款，让她们购买一些开业设备，可以建立一个小的家庭作坊；成立16个分部，开发出培训模式，以使分部的工作能标准化。接受援助后，每个孩子的平均住院费降低73%，家庭月收入从平均287元增加到419元。协会每年平均为每个家庭花费7285元，仅在第一年就为政府节约70%的住院费。这笔钱远远超过协会的支出。而这还没有估算到每个家庭得到的职业培训、心理支持等领域的价值。

看《如何改变世界——用商业手段更好地解决社会问题》一书的过程，是一个不断去想同一个问题的过程：他们怎么做到的？面对着数百万的街头儿童、巨大的贫民窟里缺乏营养不断生病的儿童，以及“A”等贫困生和“D”等富家孩子的升学率差不多，等等等等，所有这些，是无所不在的社会问题，它们折射的是贫穷、疾病、被摧毁被忽略的人生，一个社会最残酷最令人无法直视的黑暗面。怎么入手呢？一个人微小易竭的力量，如何才能帮助到许多人？

这些社会企业家，有道德激情、有改变世界的热情、几乎永不疲倦的精力，但更重要的是，他们懂得“如何做”，如何推广自己的理念，如何联合一切可以联合的资源，如何让找你麻烦的人——比如医院、比如警察站到自己这边，这需要大量的沟通。可是它有效。

这样的人，往往不是悲观地站在黑暗深渊之前，袖着手怒骂这个世界没救了。他们不预设立场，相信每一份力量都是有用的。比如，他们相信，公认冷漠、腐败的官僚系统，当你让他们了解你让他们的工作更省心，后者也会支持你。他们更相信人的力量，人类之间沟通的可能性，而不是将自己设为制度的对立面，成为咬牙切齿的斗士。重要的是你要做成什么样的事，而不是你要成为什么样的人。在他们这里，目标的重要性超过姿态与立场。并且，如果需要行动，他们会立刻撸起袖子和这个肮脏琐碎的世界周旋到底，不到最后，绝不放弃。

在一个普遍冷漠的世界，坐而论道，越来越多的话语和大面积的沉默，会让人感到无力。此之无力感唯有行动可以粉碎。

儿子先天大脑畸形的伊丽莎白·赛凯莱什，无法忍受国家对待残疾人的态度是将其关起来置之不理，她创立的工会联盟里，600多位残疾人和普通人一起工作，有正常收入、娱乐方式。在她的时代，在社会主义的匈牙利，1982年才允许私人创办企业。1986年，私企可从事批发贸易。1989年，在漫长的、逐级申请之后，工会联盟终于得到第一笔大资金。在政府不作为与呆滞之地，这位母亲没有止步；一百美元起家的“重生协会”，在三年的不断扩大中，努力要把该模式纳入公共系统中。薇拉·科代罗一直尝试与政府合作，却没有得到任何结果。但她没有放弃，与决策者的对话尝试，不因对方不回应而停止。尝试对话本身即意义。

“这是我们拥有的能够对抗悲观情绪的良药。”薇拉·科代罗说。

第五辑 一代外省青年疯癫史

一代外省青年疯癫史

若干年前，我有一个朋友，他的生活轨迹就是北京—上海、上海—北京，他幻想一个电台主持人爱上自己，他回北京跟朋友借钱，再回上海穷困潦倒地待上一阵。北京—上海，上海—北京，滚滚火车轮碾过来碾过去，他的老家在北方，他回老家待几天就又跑出来，北京—上海，上海—北京，他像风中的草籽，脚不沾地疯魔一般到处跑。朋友说，他在医院也待不住，住几天就跑出来，跑啊跑，他在任何地方都待不住。我猜他的脑子里有暴风雨，他的时间感和我们不同，在北京待一天，对他来说已经太长。很多年里，他一直是朋友圈里的一个话题，我们常在电话里追踪他的脚步：他刚离开北京，到你那儿了吗？听说他去了青岛，你见到他了吗？只有亲人能背起这样脚下长着风火轮脑子里刮大风的人，具体地说，只有妈妈才会不离不弃。朋友们，会唏嘘，会担心，但借钱总是让人心头发紧。到处跑先生像一个台风，刮到哪里，就给哪儿带来复杂多变的狂乱漩涡。后来，他终于从我们的视线里消失。据说是回了老家。

2011年，我看到罗蛋塔的《神不愣登》的上部，《张稀稀吃圣约翰草》，刚看一页就大叫一声：你跑到这儿了！

张稀稀不是那位朋友，但他们有相似的命运节奏。张稀稀幻想叶蓓爱着自己（在他们狂风暴雨的脑海里，总有一位可爱的姑娘深情款款地爱着他们），张稀稀全国到处跑，张稀稀定时跟朋友收保护费，张稀稀曾经是文艺北漂混过电影界，他安静地待在老家鹤岗时是一个孤独的卡夫卡。他用他的活体滋养这本书，使之生长壮大丰硕。

我边看边笑，不可能不笑，面对生命的滑稽荒诞：

每隔十天半月
你发短信收保护费
不多，就 100
不肯就范的家伙
会接到几十次的手机提醒
甚至还会受到你
念咒一样操你妈操你妈操你妈的劳教
……

——《恼人的秋风》

只要被人群抛弃
被小资的生活抛弃
只要你北京的灯光
被熄灭
走在绝望的荒漠中
你似乎就像一个修行者
又是周易，又是佛经

偶尔还阿门上帝啥的
可是，只要一闻到人味儿
你立刻就变成了小妖
你的三十六变也活跃起来
你要跟随老妖去吃人了
吃小孩，吃姑娘
去吃你的亲人
还想吃唐僧肉
每当此时，你就被老妖一把抓住
打个半死，浑身兽毛散落一地
还是一只被拔了毛的小秃鹫

——《小妖》

庆幸这是一本诗歌集，它也只能是一本诗歌集，无边的苦难，用散文体小说体，都会显得悲气逼人又繁琐冗长。诗歌是多情剑，诗歌是离别钩，轻盈的诗句在黑暗的大海上擦浪低飞，迅捷如鸟，亮似闪电，它照亮苦海，它既超脱又寄生于苦难体内。它是麻木尘世与疯狂飞升之外的第三条河岸。

我笑还因为，这一切都这么眼熟，那些从《立春》《孔雀》《站台》里走出来的县城文艺青年，长得何其想象，我回想起我身边的张稀稀，最后想起我自己，差一点也变成他们，也住院，也到处跑，也脑子里刮大风。这条路上走得久了，总会有人搭错车、走岔路、掉队。我看到我身后的路上，一个个张稀稀徘徊着、百无聊赖地踩着脚。我好像欠了他们什么，也许我用掉了原本属于他们的、渺小稀薄的好运气。

作者是怎么想的呢？看起来，他并不庆幸自己没有发疯。我见过罗蛋塔，三十多岁，他开始学爵士钢琴，吵得邻居每天疯狂敲他家门。他没工作，在家炒股，2011年，股市狂跌的日子，他写下这些诗歌。他声称要去捐精以图利，我笑说捐精者起码都得是高级白领时，他瞪大眼睛认真地说：诗人也不行么？！他和周云蓬为和声学的学术问题吵到拍案而起，几乎掀桌子，他怒吼道：走，不吃了！（那顿饭是他请客），大家尴尴尬尬地起身正穿外套，他俩又亲亲热热地坐下继续聊。周云蓬说，他喝多了酒，多像张稀稀。而他自己说：

“有一天，大铁锥扑的一声扎进来，扎进来！

有人会发现，我们里面裹的就是你张稀稀。”

这本书里，最让人痛苦的是那些关于妈妈的诗。“你被龙卷风带回了童年/你的身体却留在了天边……在过圣诞节的银河系，你越漂越远/只有妈妈永远等在，你要掉下来的地方/手里还拿着你爱喝的汽水”，诗歌和现实里，最后守护张稀稀和到处跑先生的，都只有他们的妈妈。这些中国凡高们，他们妈妈的命运比他们的还令人黯然。他们自己的命运是一部激情癫狂、支离破碎的中国版《达摩流浪者》，而他们妈妈，是默默无闻、毫无光彩只有无尽苦难的《平凡的世界》。

作为一本诗集，《张稀稀吃圣约翰草》可能不会大热——但我本来以为，以它神经质的接近神经病的光芒，至少会在文艺青年爆棚的豆瓣得到一种地下黑色潜流的追捧，今天一看“已读”“想读”

人数，寥若精神病人。但我相信，多年后还会有人提到它、一代外省青年的疯癫史，它以诗歌，为他们我们做传。

2012-04

张浅潜："我快速地腐朽着，超过我的想象"

听了很久她的歌，但这是我第一次跟她面对面地坐在一起。她很美，她曾经做过模特，怎么可能不美。她还画过画，会小提琴，做过电子乐，她的简历太像当下的一些跨界小资们的，不同的是，很多人是从艺术中得到实实在在的好处，她却天真到真的献出自己，被艺术毫不保留地榨取。

2007年我写小说，没工作，大部分时间一个人在家里，她的《灵魂出窍》被我听了很多遍，那专辑里有一种东西和我当时的心境息息相通：是暗的，灰的，毁灭性的，不能毁灭世界就回手灭了自己。但也是美的，亮的，她的音乐和歌词，好的时候，会有一种星星般的光芒。所以，当她说"我不喜欢那张专辑"时，我固执地说：那张很好，我喜欢。

在台上，她犹豫不决地：我给你们唱《太阳之子》吧。然后又推翻：不，我还是唱《心的颜色》。她最后唱的是这两者之外的第三首。她的脑子里好像随时在刮着大风，迅速转换着，一眨眼风景就更换，就不同。吃饭时她也是这样，她犹豫着要不要回家，因为太晚了，回家要经过一段很黑很破的路，还有一个黑暗的乱糟糟的大院子。她说，我要回家了。可是马上又要瓶啤酒，举起来大叫："大家就坐在这里聊到天亮好不好？！"不然呢？"要不我去网吧待一晚上？"去年冬天她住的地方没有暖气，她很多晚上就是在网吧里度过，"那里面都是小孩。真不知道我怎么过来的。也不知道我老了没有。"她摸摸自己的眼和脸。她不老，一点一点也不老，显得比她的实际年龄幼小许多，像个新人。

她唱歌时也像新人，有新人的生涩、紧张，还有新鲜。我也看《快乐女声》，那些二十岁出头的女声，跟她相比已经那么老了，又保守又老气横秋，可是她唱歌还像个新人，像第一次登台（确实，有好几年，她不怎么登台，去年才开始慢慢恢复）。她唱的曲目也像个新人，老歌几乎都不唱，她出过的唯一一张专辑《灵魂出窍》里的歌一首不唱，她唱的都是新歌，她的歌像个刚出道的新人一样让大家陌生。这时她显得格外自信。

她的新歌也让我陌生。歌里有那么多"革命"、"理想"、"爱情"、"云朵"、"辽阔"这样的字眼，这是另一个体系另一个世界，跟现在的世界、现在的流行歌坛、现在如火似荼的民谣，或者是屋外的后海都没有任何关系，看起来好像是，她从八十年代走过来，却把心遗落在那里。可是我必须要说，"爱情"、"理想"这些别人唱出来我们会发笑的词，从她嘴里唱出来，却依然新鲜，好像这些词从来不曾被滥用，仍然像它们初次问世时那样干净。

她让我想起李白，比起来其他用典繁密沉重沉郁的中国诗人，李白拥有一种力量，一套乐府诗，别人都按前头人的格式走，老老实实做同题作文，到他就大笔一挥，大改特改，他前头的人，按前面的格式走，他后面的人，按他开创的格式走。汉诗意境最推崇苍凉、沉郁，到他却跳脱不羁，跌宕自喜。他不像汉人，张浅潜给我的感觉也不像，或许是故乡青海给她的力量，她唱歌时嗓音可以很美，真假声运用还有那只有她能唱准而不至于走调的“弯弯绕”的腔调，可是她也随时可以不美，可以粗野，像她豆瓣音乐人页面某一版“倒淌河”——一个粗野的，扯着嗓子的女声，她不怕自己会显得不美。这样多美啊，张浅潜。

说回到创作，她有一种力量，随心所欲，想到什么就变成歌词的能力，歌词和她的意念之间毫无阻隔，这或许会让她的歌词显得草率，可也赋予歌曲一种自由跳脱、自由喜悦的力量，用她自己的话说，这是“无章法的自由”。或许这种自由给了她声音运用自如的能力，她的心和她的情绪之间毫无隔膜，她的情绪和歌声之间毫无隔膜，听众能清晰感受到她想传达的一切：爱情、痛苦、破碎。

可是这些，在她坐在我旁边的时候，我什么也没说，我只是听她说，她不停地担心：回家路上的黑暗，还有吃肠胃药，还有不知道什么时候能录出来的专辑。她一个担忧下面是另一个担忧，就像演出开始前，她掏出手机：我应该给朋友们打电话，让他们都来看的。我说那你就打。“不，他们来了演出也该结束了，他们赶不上的，我应该早点打。”她开始看手机，好像决定要拨打电话，但又把手机收起来，抬起眼睛好像对谁抱歉地：演出前我不能被干扰，一干扰我就乱了。她脑子里的大风，一直一直都在刮个不停吧。

那么多人被称为“用灵魂唱歌”，他们知道用灵魂唱歌要付出什么样的代价吗，他们知道什么是灵魂吗？“我快速地腐朽着，超过着我的想象，只有我感觉是如此的失败。只有在舞台上的歌声证实着我的爱，和不朽。”她写。“我至今连安稳的基本的生活都过不上，因为我过着一种特殊的对应的生命体验，这种体验是精神上的无限的付出，是一种不可能收获的过程。”她说。这样的话让能听懂的人毛骨悚然。是的，当“灵魂歌手”、“独立女声”已经成为能卖钱的好头衔时，这个最无愧这两者称呼的女歌手，却在快速腐朽，她在后海的这场演出只有几十个观众，她才华夺目，却只出过一张自己并不喜欢的专辑，她没有经纪人，没有一个稳定的住处（“我去年搬家真是搬怕了”），她的许多时间花在搬家、跟房东吵架上，她被浪费，她被遗忘，她在速朽，可是，通过这条危险的路，她告诉听到她的人，用灵魂唱歌是怎么一回事，这条路本身又是何等危险，需要你付出热忱以及整个生命。

2009-08-30

死亡不能掠夺的

2000年的时候，果子打电话到我宿舍来约稿。那时我是还没毕业的学生、文学爱好者，她是《女友》（下半月）的主编。我第一次听到一个官这么大的编辑的约稿声音，好听，轻柔，让人无法拒绝。我匆匆写篇短篇小说交稿。那时，我们混迹于同一个论坛“记得我们有约”，那是她的论坛，也是斯文、清秀的风格，跟网络世界男性主宰下的板砖横飞的论坛大不相同。我在那里待了很久。

果子叫柳榕，这是我后来知道的。后来我到北京，偶尔她会跟我约篇采访，偶尔在论坛上我会跟她的贴。我们在北京见过两三次，有一次是在美术馆后街，我和她，还有诗人橡子，果子毅然要了烤羊腿，那可是很大的一根羊腿，她抱着就吃起来，不时还喝两口二锅头——这跟她清秀的风格可太不像了。看完《成就爱》后，我想其实我并不真的认识果子，我只认识那个她给大多数人看到的，一个温暖的知识女性，但她内里的有趣、丰富、挣扎，只有少部分很有幸的人才能见到。

所有见过果子的人，都说她温暖。但我觉得这种温暖可以一分为二来谈，一方面，这种温暖是一种分寸，让每个她身边的人都觉得舒适；另一方面，这其实是一种她的自我克制，维持着一种距离，她似乎永远不会失态，不会愤怒，在《成就爱》这本书里，她后来说，也许这种自我克制、自我牺牲的性格为她积累大量负面情绪，成为癌症的诱因。

也是这种温暖，让我一下子就喜欢她，但却很难接近，或许，在某个方面，我跟她有些像，都无法直率地表达自己。

果子2004年检查出乳腺癌，在此她引用苏珊·桑塔格的话："每个人生来就持有双重公民身份，在健康的国度与疾病的国度"，而她，自此步入疾病的国度。《成就爱》，就是她关于这段经历的日记，以及部分未竟稿。

未看之前，很容易想象这是一本沉重痛苦的书，我在书店见过它，但没有买。下意识，我逃避这个话题。好像我不看这本书，她谈到的疾病、痛苦、死亡就仍然离我很远。我猜这也是很多人对疾病死亡本能的看法，所以它2月份出版，到现在仍然知者寥寥。哪个媒体愿意做这种书的书评呢，包括我自己？

生病、死亡，从来不是一个能让人愉快的话题，当一个朋友坐地铁给我送来这本书后，我没办法再躲避，只好看。

前面是她爱人写的前言，写得不讨好，但老实。果子发现癌症之前，他们曾想分手，之后，手术、化疗，他们一直在一起，后来还结了婚。但这段关系也并不像我们的媒体上喜欢表彰的那种：丈夫为绝症妻子默默付出无怨无悔二十年。他有挣扎，有动摇，因为种种原因，在果子化疗结束后，他们还试图友好分手。即使在婚后，摩擦仍然存在，果子敏感地说：我又感觉到当你对我不好时散发出的那种气息了——这篇前言的题目叫"属人之爱的局限"，确实，这就是人的局限，人不可能奉献出完美的爱，那只有神可以做到。

看前言时我在吃饭，看到那一段时，我仰起脸怕泪流出。这本书的作者除了果子还有这个男人，虽然他只有一篇前言和一点点看护日记——本书为果子爱人自费出版，他成为果子的共同作者，一个看不到他文章的作者。这本书也是他写给果子的。这是种只在一方死亡后出现的写作：所有深情，在当时只是经历、懵懂不知，或为了惜福而缄默不语。直至一个人先行离世，剩下的才会写这样一本书。

我进入果子的世界。看的时候，我感觉我比以前她坐在我身边时更了解她。原来她内心也有过这么多破碎、黑暗，原来她跟我也一样，她并不是一个永远完美的温暖的女人，检查出癌症后，她后悔前一段婚姻积累了那么多的负面情绪，她后悔以前的工作是那么卖命而不爱惜自己，她那么温和，但在写"鼠尾草"的那篇博客里，她对这种拼命改造自己为工作奉献一切的做法说：那些都是狗屁！回到生活本身吧！离开那些精致的夸耀的食物，离开那些代表了太多意义的美酒，离开那个狗屁的集团，回到你自己的本来，回到生活的本来吧。

温和的果子好像是唯一一次爆了粗口，我想那是对我们都曾有过的一种疯狂而不自知的生活方式的愤怒。

她用她的生命提醒了我，我想我不会再过那种生活，不管它叫时尚也好，叫上流也好，叫主流也好，叫强者也好，叫什么都好。

书的前半部分如我所想，很痛苦，那是初进入疾病的国度的人的痛苦。这条底线一旦击穿，"正常的生活就成了奢望，未来变得渺茫"。查到肿瘤，在良性恶性之间祈祷；肿瘤成分确定以后，希望能够保存乳房；胸被切掉，希望能装义乳；因为胸肌太薄，义乳无法安装；经过化疗，祈祷不要复发；复发后希望还能多几年生命……最后发现也许只有几个月的时间。生命底线一旦击穿，就节节败退。

发现癌症时她是基督徒，检查出癌症后失去信仰，"为什么是我？上帝不爱我吗？上帝在哪里？"这些问题她回答不出。而我直到现在也回答不了。

但看着看着，这本本来很重的书发生了变化，我觉得它跟果子变得轻盈的文字一起变轻了。病痛来临时，仍然痛苦，那是身体生理上的疼痛，但精神上，她变得越来越轻盈，犹如火焰经过熊熊燃烧而烧成了青色。她重新获得信仰，并且，我猜她对上面那些问题找到了答案。发生在她身上，能让一般人怨不绝口的遭遇变成了恩宠。她找到了爱。"爱里没有惧怕"。

看书时，我时时想流泪，但它又绝不是一本让你看完感动流眼泪的书。它比感动更复杂，更深沉。

"没有一种离别是幸福的。所以，我们依然在死亡来临时感到撕心裂肺的痛。"

"死亡，与我已经很亲近，我觉得它没什么可怕的……不过，偶尔夜半醒来，还是会恐惧。最恐惧的，就是怕通往死亡的过程，伴随很多身体的痛苦。我是身体一难受，心灵马上崩溃的那种，生怕自己在这个过程中被苦毒怨恨给捆绑住……"

果子用文字记录下通向死亡的一路风景，每一道关卡：与亲人离别、身体的痛苦。我们害怕死亡，难道害怕的不也是这些吗？还有肉身的彻底毁坏、还有灵魂到底是否存在，在肉身毁坏之后仍然存在，如果有，那是以一种什么形式？关于死亡的功课太多，可是，我们懂得却太少。

这是本死亡日记，却散发着无比正面的力量，好像一把刀，被炉火锻造，亮出来它的光亮。我没有跟随她走过这条路，但我希望有一天，当我面对死亡，不管是四十岁、五十岁，还是六十岁，都能像她一样。我想，在生命的绝路，她看到另一个开端。

> 我们所经历的，很多人经历过，也必有更多人即将经历。哪怕是孤独的，隐蔽的，绝望的，哪怕是看似丧失了很多，被掠夺了很多。
>
> 虽然最后的日子还没有到来，虽然我现在的症状很可疑，我还是抱有信心和盼望。每一点点的爱，都在为我加添力量。主在护佑着我，我每天都感觉得到。祂的爱真美，如月光。轻柔悠远，如不存在一般地永存着。没想到，有一天我会获得这样的自由——不被死亡和环境捆绑，不给绝望以权柄。有盼望，就有自由，即使肚子肿胀，即使身体疼痛，即使灵魂疲惫，即使生命终结。
>
> 值得感恩吧？！
>
> （果子 2007 年 9 月 27 日日记）

这是她倒数第二篇博客。10 月 7 日，她“检查出了腹水和黄疸。这意味着，还算稳定的病情，彻底进入了恶化时期”。11 月 3 日，果子去世。

王小波曾说，安徒生所说的“一条燃烧的光荣的荆棘路”里尚有尘世的喧嚣，他认为，安徒生所说的“智者仁人”更应该是走在两条竹篱笆之中，篱笆上开满了紫色的牵牛花，在每个花蕊上，都落了一只蓝蜻蜓。

我想，这两个意象都是必要的。少数人，以他们的死，而不是他们的胜利，向我们提示：生命有更高级别的存在，更丰美的形式。在路之尽头，地图虚线处，他们绘出如画风景，美不胜收。在这更高存在中，肉身燃烧于荆棘之中，他的心中却开满花朵。

这两条道，原是一条。

2009-07-02

后 记

2012年10月，我在中央人民广播电台“经济之声”电台做一档读书节目，每天晚上采访一位作家。“九久读书人”的编辑尹晓冬向我推荐一位叫丰玮的作家。我例行公事地看她的小说做功课，小说名《九月里的三十年》。看到中途，我忽然意识到，小说里的女主角“凡阿铃”我认识。在小说中，凡阿铃也面对了一场死亡。意识到这一点，我没办法再像一个普通读者那样读这本书，用作者丰玮的话说是：“死亡如果触动了生者，生者的一部分也跟着死去。”

丰玮和果子是好朋友。后者的死触动了她。她写了一本小说，来把生与死之间的时间拉长，当时间被文学与思念扭曲变形后，它不再是线性的、矛头只能指向死亡，而变得有更多可能。就像我被果子于生命晚期，面对死亡时祭出的勇气，充满明亮质感的文字触动，直到现在，去广州，飞机一落地，我都会想：这是果子也呼吸过的空气，这是果子生活过的城市。在记忆里，她以另一种方式存在，从未逝去。

我和丰玮，早在十几年前，就在网上认识。那时她以笔名讴歌纵横江湖，笔端常带激情，指点音乐，热血澎湃。果子创立的论坛叫“记得我们有约”，我们在上面贴文章，以文会友。一直到论坛时代衰微。“有约”消失，果子去世。这当中，丰玮出国、回国、在跨国公司当高级白领，同时她还是一名写作者，在白天的精疲力竭后，退回到自己小小的书房，打开电脑，写。她不是一个大众意义上的畅销作家，去年之前，我竟不知道她。但她小说有格局有气象，文字缜密，立意超脱奇拔。同样作为一名写作者，看到那文字，就像看到一个标志：我认出她这些年的心路历程，她攀爬到了什么样的高度。那不是媚俗的或试图取悦于什么人的文字。它因此有不取悦于人的清朗刚健。

2013年，工作缘故，我和另一失散已久的朋友傅乙轩联系上。2001年，因为她的一个电话，我决心来北京——在电话里她说：像你这样的人，就该来北京！2006年之后，我们渐渐失去联系，各自在生活的迷宫中摸索寻路。我们都当过时尚编辑，我一度跌入“主流”的迷宫，改造自己，适应社会；她也曾因为强迫症，寻访心理医生。命运如海，我们载各自的小舟，于大海上漂流。今年，我看到她的剧本，我同样认出文字里的标记。这文字里有一种苦炼过的味道，那是种被生活熬过，仍在思索，精神仍然朝着远方一个什么目标去的气质。是的，那种同样的标记，就是她们的文字里都有一种目标感，你能感觉到它们在向一个什么地方迈进，永不停止。乙轩也是“记得我们有约”的旧友。

论坛湮灭在比特王国的荒草离离中，论坛的主人果子早已去世，可是仍然有些东西被留下来，自顾自地朝着远方行进。这条路，烈火熊熊，鲜花盛开。

成为柏邦妮

——《老女孩》序

邦妮说，我绝不减肥。后来，一年中她减去三十多斤。

邦妮说，我决定一辈子不买房。现在，她住在一个一百五十多平米三室一厅卫生间就有俩的大房子里。

而她上一个住处的样子，我还记得。那是一个小房子，有三个像鸟窝一样的卧室，还有一个同样小的客厅，里面川流不息地来往着各路人等。进门后想找个地方坐，需要在杂物堆积如山的沙发上扒拉半天。洗澡间刷了王家卫风格的绿色和紫色的漆，一边冲澡，一边往下掉漆皮儿。厨房玻璃破了，是冬天，糊一张张靓颖的大海报，画着浓重眼影的张靓颖对每一个进厨房的人傲然微笑。

有跟她谈合作的老板回去跟人说：那孩子，自己住在垃圾堆里，存钱给爸妈买房子。

那个房子却又有一种魔力，不止是困窘际遇里的王家卫和张靓颖，闪烁着北漂文艺青年的俏皮劲儿。它还有种下大雪的深山老林里，你迷了路，远远看到一座木头屋还生着火的那股魔力，所以，屋子虽小，客常满座，“固定人口是三个，常住人口是五个，流动人口约等于六七个，高峰时期也曾经达到十个”。一次只买七毛钱肉的副导演李一勺、自嘲“我最擅长的就是躲开”的龙套演员、不合时宜的电影导演、听到别人放流行音乐就愤怒地放柴可夫斯基的女演员马青皮……他们多多少少都被写进这本书里。那是无数个青春、梦想的狞厉挣扎，他们来来去去，得意、潦倒、恋爱、失恋，有人永远离开北京，有人就此留下，但变成另一个人。

在一篇小说里，邦妮写一个年轻人在她家里吃饭，“他连碗底的最后一点土豆泥都用筷子刮出来吃掉，吧嗒吧嗒地咂着那点香味。我还记得白瓷的碗底，像被犁过的田，像雪橇走过的雪，最后留下的那点儿土豆泥”。——就是那种气氛，不是一个人，而是一群人，在许多年里，像被外面的冰天雪地吓坏的迷路者，钻进这间弥漫着炖肉香的小房子里，吃一顿好饭，睡个有床的觉，再出门奔波。

那时邦妮和一个影视公司的老板讲到她的《成为夏末初》，说，是讲一个女孩子为了成名，付出的巨大代价……老板微笑说：“什么代价？不就是和人睡觉吗？”

那个微笑激怒了她。还有我。

是成长过程中这些混沌难言的得到和失去，以及，你以为是得到的失去，你以为是必然却依旧痛苦的自我修改，你给自己分娩了另一个自己，更好更成功，但你却还惦记着最初的那个我。

甚至还包括付出幸福，为了更幸福。包括离开那个粗糙恶劣的小房间，搬进大房子。包括书里出现的所有爱过的男人，邦妮没有删掉他们的痕迹，她故意的。那些痕迹，就这样不动声色汇入她写的更多人的聚散离合里，这一部分，她写得淡，像侯孝贤的电影，镜头都是远的，镜头下的感情却是浓的。还加了多愁善感青春中第一次的叹息。

代价的长长的名单上，还要包括无数的悖论，比如减肥和买房，邦妮就是这样不停以今日之我，推翻着昨日。循环往复，川流不息。然而这或许就是人生必经阶段。一会儿是山一会儿不是山最后还是。只是邦妮的循环，因为她自己文字的定格，比别人分明，也因此显得好笑，还有悲怆。

可是以上都只是文字，见到邦妮这个人，你就会觉得，去它的文字，但愿所有文艺女青年都长成她这样才好：滑稽、亲切、敏感而不神经质、从心底向外散发温热。她是每次饭局在杯盘狼藉中抬起头问大家“最近看了什么好书？”一边掏出小本本记下来的人，也是文艺女青年大聚会里最奔放谈性谈欲望聊荤段子的人。她还是我所有朋友中，住最大房子的人。

说到这里，就得说说她妈妈。邦妮的妈妈，那是一朵奇葩。谈笑风生间，做好一桌菜，抽着烟跟我们聊天，她是个口语大师，讲起话来你犹如亲见。她讲自己闭上眼，宰杀一条活蹦乱跳的大鱼，一边口里念叨：鱼啊鱼，别怪我，是张姗姗（邦妮）要吃你，可不是我要吃。然后哈哈大笑，一点不像个“妈妈”。

写妈妈，没有人比邦妮自己写得更好：我的妈妈比我更像一个丰饶的大地女神。她一年四季永恒的短裙，一丝不苟地展现她修长的小腿，即便站着忙碌一整天，也不肯脱下七公分的高跟鞋，清晨五时起身化妆，多年前那么封闭也敢敞开狭长的胸襟，露出雪白的乳沟，对着小学五年级的我教诲：“要的就是这味儿！”我的妈妈，高烧到神志不清，送她去医院前，她还要挣扎着爬起来说：“不给我化妆，我不出门！”——邦妮的沙龙女主人的范儿、她看见谁都“往家来往家来”的热情劲、她的豪爽、她对身体和欲望开放坦率的态度都来自于妈妈。

为了在北京买一套房子，妈妈重出江湖，再开饭店。开饭店是很累的，邦妮每次说到“拖累父母”，都眼眶发红。可是同时，一想到妈妈又踩着高跟鞋，风风火火、嘻嘻哈哈地应酬各色吃客，每个人都高兴，每个人都被她安抚得服服帖帖，就觉得，那真是饱满生动的好生活。

邦妮说：我喜欢泥沙俱下的生活。

所以，也许并没有悖论。邦妮的人和生活就像一片原野，生机勃勃，原始而磅礴。春天时开的花，和秋天的果实并不矛盾。冬天的大地冰封也并不是绝望。

有两个世界。一个是我们肉身在其中行走的世界，在那里，大房子、钱、社会地位……都是保护，避免肉身直接被生活打磨到血肉模糊；而在另一个世界里，我们扯下一切外壳，袒露肉身心脏，拿一些永恒的问题打磨自己，即使破坏生活也在所不惜。我不知道那是什么，好像一条鱼，被刮去鱼鳞时也是它全身知觉最为敏感之时。于是周期性自我刮擦鳞片、周期性自我怀疑、周期性自我厌恶。

这本书，就是邦妮的两个世界，一份泥沙俱下的生活，一个老女孩的内心。

2011-10-15

有情感的专家

——《我们心中的怕和爱》跋

前几天遇到一个女朋友，聊起繁难家事，最后我说：你给水木丁写封信吧；另一位女朋友，遇到一个无解难题，咨询水木丁，简短问答之后，女友当机立断：我要给你写信。水木丁午饭吃完回来，她化名换背景的邮件已经出现在邮箱。

一般来说，和尚、星座专家、风水大师、还有情感专家，都是越远越灵。水木丁打破了这种偏见。

我们认识时，她刚到北京，一个人租房，一个人租辆货车去南城买二手家具（她后来说那是因为她二，不知道北京有多大），一个人跑来跑去找工作。但我很少听见她诉苦。她的精神跟她的金钱观一样爽朗清洁：跟她吃饭永远都是AA。倾诉，对于她或许就像逼迫别人买单，或自己抢买单，那太不爽利。

后来，在这个庞大城市里，就一点一点熟悉起来，我们最常约在大望路的现代城，那里有小饭馆，“光合作用”书店，吃完可以买书，买完书，就可以一圈一圈地绕着现代城散步，聊最近看的书，聊各自的生活。她有许多生活的智慧，会告诉我：自己置办一套家具，也用不了多少钱。可以租个空房，房租会便宜很多，而且家具可以用很久。包括，超市快关门的时候去，青菜比菜市场还便宜。

现在我明白，她的生活智慧，都是被生活磨出来的。

就像她身为情感专家的智慧，也是被生活一层层磨出来的，所谓“久病成神医”。而不诉苦的人，却成为一名职业的烦恼倾听者，这是一件想一想，都觉得有意思的事。

在我国，“情感专家”是一个进入门槛极低的职业，只要会写汉字，只要有点名气，不管你是诗人、歌手、剃头的还是画画的，都能在报刊上开一个情感信箱，坐堂应诊。可是一个大男子主义，很难成为好的情感专家，因为他不懂女人；一个女人，很难成为好的情感专家，如果她只是站在来信的姑娘这边，帮忙痛骂让她们伤心的臭男人；甚至一个好人，也很难成为好的情感专家，就像我的另一个朋友，收到别人的来信，只会笨拙地回复：你写得太好了，我都看哭了……是的，好人只能陪着心碎的写信者一起哭，可是解决问题，他们没办法，不会。

所以我尊重真正的情感专家。因此，我在不同场合表达过对情感专家界流行的麻辣烫风的不满。如果说，最初的断喝，是为了令人一瞬间顿悟。之后蔓延开、终至充斥的就演变成施虐狂与受虐狂的结合，专家们比着，看谁骂得漂亮，以博读者一笑。

这样的风格，说到底，是写信和回信的人都不相信，一封信真能解决问题、情感信箱真的有用。

一封信真能解决问题吗？情感信箱有用吗？人真能帮到另一个人吗？

这本书最初的时候，是水木丁在博客上写：你可以给我写信，不保证一定会回。话说得很冷淡，但也有人写了，得到了回复。第二个人偶尔看到，于是也写了一封……第三个人……一开始它并不是一个专栏，而只是，两个孤独的人偶尔碰到了一块儿，说了会儿话。

渐渐，我看到她每次的回信，点击率越来越高。开始有人约她开一个专栏。开始有了稿费。有越来越多的人给她写信，急切地等着回答。但其实又没有什么变化：专栏只用写几百字，她仍然回一千多字。“字儿太少，说不清楚。”

她相信有些问题可以说清楚。有些难题能够解决。一个人，可以帮助到另一个人。

水木丁最早是文学青年，学英语的，写实验小说，语言西式，那时她写的小说我到现在都看不懂。后来，不知什么时候起，她仿佛打通任督两脉，文字的结构仍然是西方语言框架式的严谨，文字本身则全然用大白话。

你以为这很容易吗？有段时间，我约她写时事，写三险一金、写通货膨胀、写财经政策……我们看过不少专家写过这些，把政策解读得没人能看懂，看完还是一头雾水，不知道跟自己有什么关系。水木丁不是那样的专家，她像你的亲姐、亲老师一样，恨不能手把着手，掰开了糅碎了跟你解释。我也是直到看到她的文章，才第一次弄明白诸如三险一金之类的高深政策。

做到这些很难吗？也就是多替看文章的人想想，别把那些宏观的数据抄来抄去，多查具体资料，自己现实里对这些真懂。但我没见到第二个专家这样做，她不写了以后，也没见到别人这样写。

她的情感专栏，也是这么写的。

能解决的，她解决。比如告诉一个纠结于追求梦想，还是听从现实压力的姑娘："你的爱好，只不过是家居设计而已，又不是要去当德州电锯杀人狂……为什么就会有人认为心理学就一定会比家居设计有出息呢？"；投诉男人的，并不总是得到同仇敌忾的助拳；只是想找找安慰的，她绝不，而是告诉对方，青春，痴情，楚楚可怜，年轻漂亮什么的都没啥了不起，别沉湎，好好读书上进是真；还有一些，真的真的是无法解决，又是那么悲凉的来信，水木丁就说，"活到死的那一天，写到写不出的那一天，爱到不能爱的那一天，仅此而已吧。痛苦不会教会人什么是生的意义，痛苦只教会人，什么是不用问的问题，仅此而已"。

她有一套结结实实的价值观，在职业上、恋爱上、性爱上，她足够开放，但最终，她的脚落在一个踏踏实实的、甚至显得守旧的立足点："一段婚姻，假如双方不是因为互相奋不顾身地爱着对方才走到一起的。那么在这条漫漫长路中，如果婚姻真的有可能有什么保证的话，其实就只有最简单的两条，第一，自己做一个好人。第二，嫁一个好人。"——很老套，是不是？又回到三四十年前，我们的妈妈们恋爱时的标准。同时，她的这一套，跟眼下这个混乱的社会的那一套，却像是恰恰相反——她开放之处，是社会保守的地方。她认为很重要的，却是当下社会，认为很不重要的。

可是这一套，难道不是一个正常社会应该有的常识吗？怎么辨认常识？你服从它，同时感觉光明温暖，就是对的。而那些扭曲的、屈从的、荒诞的，都是反常识的。只是我们的时代太幽默，我们已经忘记什么是常识，而常常屈从于荒诞，也因此，才会有那么多的纠结。

前一阵去衡山，跟朋友一起爬主峰祝融峰。朋友说，祝融是火神，也是持久光明之意。这个含义，让我有说不出的感动。衡山上络绎不绝、手捧香盒、穿着“南岳进香”的徒步香客，或许也是为了这个“持久光明”吧？而这本书里，那些写信的人，那些纠结在被人抛弃、纠结在被抛弃后的锥心的恨意里的、纠结于职业、爱情、婚姻、性、自私、黑暗、父母压力、社会压力与自我之间的扭曲的女女男男们，也是为了想得到一点点光明吧？

也许就因为这样，才有那么多的人，给她不断地写信。而身为水老师的朋友，我们也真的会在遇到事情时，想：给水木丁写封信吧。

2011-9-21

弱者的书写

在中国音乐地图上，兰州是个重镇，从兰州走出来的歌手们，身上有彪悍之气，他们弹着冬不拉，唱的歌里常常有新疆的痕迹。兰州歌手的音乐里，流着新疆的血统，一条宽阔粗犷的河。

韩松落是兰州人，他的文字里，也有新疆的气息。具体到《怒河春醒》，那是割完草后长时不散的、带着凉意与苦味的草香，是“总是在春天泛滥，在秋天暴涨，在冬天枯涸断流”的长河，是“男人在三十岁就显得苍老，孩子在拼命长大”，是他如数家珍地写下波斯菊、八瓣梅、兔子花、太阳花、萱草、菖蒲、羊角奶、石蒜们的名字。这些文字，也都透着凉意，还有微微的苦。

一个人的童年曾有幸在旷野中度过，长大后，他写到它们，即使文字晕眩像在舞蹈也是可以的，即使有一段魔怔般的像萧红也是可以的。谁不爱萧红呢，谁没有偷着模仿过她，可要模仿她同时又不显得可笑，那非要这样一个旷野做背景不可。

一个人的童年曾有幸在旷野中度过，他的生命就有了另一种坐标。成年后他一直记得回去的路：“乘坐火车，在乌鲁木齐或是库尔勒下车，转乘长途汽车，五天五夜，到达和田，然后是短途汽车，三百里，到策勒，最后，搭乘军车。如果有人问，你是谁，就说，我是老郑的孙子，从口里回来。他们会说，都长这么大了。”可是老郑已经不在，连老郑的女儿，作者的妈妈都已经去世，他回去是找谁呢？这种感受就像在雾里迷路，你紧跑几步，想追上前面的大人，然后想起他们都已去世，而自己，也已不是孩子。

“他们忍受了一条河流所能忍受的消耗，在火车的闷罐车厢里，有人带来了传染病，有人病死了，就埋在沙漠里；有人偷走了别人小心携带着的全部积蓄；有人打架，有人受伤了；有人和别人有了私情，约好了火车一到站就逃走。在和田，他们遇上了地震……有的人失去了骨肉至亲。而当卡车到了终点时，谁也没有留在车上，他们纷纷跳下车厢，抓起一把发硬的、白花花的盐碱土，仔细地端详。”——他说的，是他父辈的历史，一代拓荒者坚硬的过去。我只能把这段文字如实地用双引号呈现，对这样的历史，对人类所能有的巨大的希望和挫败，无比坚韧的生命力你又能说什么？

当历史作为历史时，你可以像我一样，用双引号把它引在里面，勾出来叹服。可是当历史就是自己的家史，是自己的父辈忍受了所有这些消耗时，历史不再是书面文字，它像一支坚硬的血管，流淌着暴怒、阴郁的血，横亘在人与正常生活之间。

《怒河春醒》里，看得我最难受的，也是我认为韩松落最好的文字，是他写他的家族，他的舅舅，他的爸爸，他的妈妈。那里面有种噩梦一样的痛苦。大萧条中出生的作家、犹太裔作家，文字里都有这种痛苦，像刀切割骨头，不疼，只是难受，醒不了的难受。

世上有两种人，一种是强者，一种是弱者。如果我把韩松落划分为后一种人，我相信他不会生气。因为我一眼认出他身上的印戳，在贫穷的七十年代长大，有一个暴躁多怒的父亲的人，他身上总会有这样的戳。那是一种被生活殴打过、过早知道黑暗的含义，并曾跑进黑暗寻求庇护的标记。表现在文字里，韩松落的黑童话系列，那个系列像是在挑衅，要激怒人类正常的温暖、光明、孩子、家庭观。具体到他这个人，永远都笑呵呵的，对人过分的好，呈现出与他文字中截然不同的另一个人。但这两个人都打着同样的印记：弱者。

弱者只敢直视孩子的眼睛，弱者不觉得生命里有什么是理所当然：爱不是，同情不是，血缘也不是。弱者的脚下是一块薄冰，随时可能碎裂开来。弱者的世界没有什么是稳固的，他对世界无从把握，他连自己都把握不住。如果说强者对世界有理直气壮的要求、理直气壮的设计，弱者只是在这世界暂寄，过路者。也因为不稳固，不确定，不理所当然，弱者们在童年之时就懂得发问，怀疑，他们试图想象世界之外的世界，生活以外的生活，我之外的我。

以一种迂回缓慢的形式，弱者在世界上存身下来，他们的长处就是怀疑，看到别人没看到的、世界的另一些可能。这多像作家的定义。弱者如果没有被完全打垮，他们就变成了写作者，虽然他们对于诉说有着本能的恐惧，但倾诉欲望压倒一切（某种程度，越恐惧越要突破）。

妈妈的故事，他写得那么好。如果他不写出来，就会被这故事压倒，逼疯，毁掉。但他写了。也许还可以写得更好，比如以小说的形式，这个故事像一条长河一样足够滋养一个杰出的小说，但他赶时间，他有着弱者的不安全的预感，要赶在下一个破坏到来之前，把上一次摧毁说出来。

以何种形式，又有什么关系？一般来说，这种漫长的灾难是不留见证者的，它们的见证者变成工人，农民，不会发出声音也就等于没有。但他跑出来了，像一个火灾现场最后一个跑出来的人，说出了他的经历。

2011-8-17

地狱召唤

《月宫》的第一段如此重要，它一劳永逸地确定了这本书的基调，以及重量。在此之前，我看过保罗·奥斯特的《纽约三部曲》《神谕之夜》，好看是好看的，但总有过分流畅光滑之感，那是一种无法直接言明的感受：有点太聪明、有点太轻灵（这显然都不是贬义词），死亡、痛苦、爱情、绝境这些大命题倒是都有的，可是作者太会讲故事，于是它们成为一个好文本，变得易于消费，但无法像19世纪的那些作家那样走到你的心脏里。

“那是人类首次登陆月球的夏天。当时我还很年轻，却不相信会有什么未来。我想活得危险，把自己逼到极限，看看会发生什么。结果事实证明，我差点没挨过来。一点一点地，我看着自己的钱化成零，没了住的地方，最后流落街头。”《月宫》的第一段涵盖了这本书的主命题，也是保罗·奥斯特喜欢用的一个写作套路：他笔下总有一个人（通常是作家，好像故意要让读者认为那就是作者本身）突然间丧失和现实的一切联系，处在一个绝境之中，失去一个人成为“人”的一切：身份、名字、亲人、朋友、住处……用奥斯特自己的话说，他认为“只有在这种危机时刻，他们才可能通过重新寻找自己，发现真正的自我。你只有触碰天空之后，才能脚落大地”。考虑到《月宫》虽然发表于1989年，但起手写作却是在他二十一岁时，连作家自己也说“因此就某个意义上来说，这算是我的第一本小说，只是完成得比较晚”。可以认为，这种将主人公置之死地的写法，是从《月宫》开始。

这是他写作的一个源头。

书的最前面写着献词：“给诺曼·希夫——以资纪念。”查资料，这位诺曼·希夫是保罗·奥斯特的继父。当刚从大学毕业的奥斯特去路彷徨之际，他为奥斯特介绍了份在ESSO油轮上当船员的工作。他做了六个月的船员。奥斯特的生父无法理解，一个哥伦比亚大学双学位的年轻人毕业后为什么要在一个油轮上当海员，那令人迷惑和伤感，也让人失望。

那是通向绝境的踏板，奥斯特跳下去，继而他又跑到巴黎，在那儿过了四年。那是“一段持久的，难熬的，几乎令人窒息的没钱状态，毒害了我的灵魂，让我始终处在一种永无尽头的焦虑之中”，奥斯特如此回忆那段经历。

《月宫》就是对绝境的一次掘进和详细记录。“我”如何困在一所房子里，一点点把能卖的都卖掉，衣服怎样越穿越破直到纤维脱落，每天的进食如何从三顿饭缩减到一块面包，当“我”最终流落街头，那并不是事件的结束，反而我们跟着他踏上另一个世界：在哪里露宿最安全，“我”又如何突破思想上的疑虑把手第一次伸向垃圾箱，捡起别人没喝完的饮料、没吃完的汉堡包吃了第一口——当一个人向下坠落时，我们发现这是一个无限下沉的过程，就像经过炼狱，发现下面还有地狱。而奥斯特在我们眼前展开了这趟地狱之行。

奥斯特从不承认自己的小说是自传性的，但《月宫》里我影影绰绰看到他自己的身影：他主动进入绝境，他想活得危险。在这背后，是无数的准艺术家们和文学青年们的身影，他们要么是起点如此，不得不进入一个绝境，在黑暗中生存多年，最终完成从地狱爬到地表的过程（更多的没有完成）；要么是主动进入绝境，他本不必如此（哥伦比亚大学双学位的毕业生），但有一种本能，类似野兽的本能，不停地召唤他投身绝境，爬入地狱，煎熬多年，完成从地狱爬到地表的这个过程（更多人也没有完成，他们被地狱吞噬）。

到底为什么要这样？不仅奥斯特的生父不理解他的行为，许多人也会要疑问。也许，我们从不肯承认文学和黑暗的关系，天堂和地狱的关系，希望和绝望的关系，以让自己心安理得。我们不承认一个人在山穷水尽时，在抛弃世界和被世界抛弃的黑暗里，他终于能触摸到一些赤裸裸的真相，他能够获得多大的力量（死亡从来是有力的）。我们拿不准，我们很难做到拿自己的肉身去试验，而且，奥斯特不是说了，“我差点没挨过来”。

这是一本主动进入绝境的书，三个主人公在不同的时刻进行了相似的尝试。奥斯特动用他的生命体验，丰富和生动了绝境，尤其是关于饥饿那一部分。看完这本书，我理解了他之前和之后的《纽约三部曲》或《神谕之夜》。这是把解开保罗·奥斯特的钥匙。

2008-10-7

赤子仍年少

台北的朋友说，今晚陈明章有个新专辑首发演出。地点在一个唱片店。免费。不知道会是什么样的演出，又担心免费的演出，会不会挤得水泄不通，便早早吃了饭过去等。

是在诚品书店敦南店地下的唱片区，最里面那一块。人并不多，大概三四十人，但地上也坐满了。陈明章穿红色宽宽大大上衣，土黄色肥短裤，黑色厚底圆口布鞋，白袜子，戴圆圆的眼镜，乍看起来凶的大胡子——从相貌到穿着都普通，比一般普通人还要随随便便的普通。

他随随便便拨弄两下月琴，演出就开始了。没有大牌歌手没完没了的调音，没有对音响的苛求，在我听来，这音响一般，而且，调音并不好，他的声音没被强调，反而藏进去一些，你要把耳朵再往音乐里送近些，才行。我想，怎么他的演出是在这样的场地、这样少的观众、这样的音响和调音，全都不隆重，可是在我心里，他早已是大师，在他早二十五年前给《恋恋风尘》配乐时，他已经得过国际大奖，扬名立万。

我前倾着身子，坐在诚品的地板上，听着费力猜也猜不懂的闽南语。音乐一点一点展开，我听到前后左右的人，跟着他的旋律轻轻一起哼，他的听众不止是只懂讲闽南语的保守中年老年人，那一起唱的，也有手拿 iPhone4 拍照的年轻人。

让我惊讶的音乐。和他粗犷随便的衣服、凶猛的大胡子相反的是，他的音乐这样温柔，像一个饥饿中的人，捧了滚烫的鸡蛋，小心翼翼要献给自己心爱的姑娘。我听不懂歌词，但我想那一定是情歌。朋友邱大立说，他的声音像孩子一样。在我听来，那声音是沧桑的，充满阅历。但他的歌是妩媚的。因为这妩媚，把沧桑化成童真。我所谓的没调好音，大概正是他要的效果，他不要声音高高凌驾于乐器，凌驾在众人头上，他的声音是酒，要封在坛子里，用荷叶黄泥裹得紧紧的，藏在这么深的地方讲故事。

从台湾回北京，今天有空，拿出新专辑《青春》听。一首一首看歌词，看明白他唱的是什么。是情歌，可不是当下的大牌歌手们的寂寞情歌。"缘投的少年兄"，一群年轻男女在金矿山初相逢，女子是歌仔戏的小花旦，男子是年轻的阿兵哥，四目交投，被男子的目光看得面红红。可是时世艰难，"无啥物好料来奉待，煮一鼎番薯糜，卤一寡白菜头，予阮食着心花开"。一锅番薯粥，一碟菜头，男子吃得"喉滇目眶红"。歌词有艰难时世里人们那种因陋就简，陈明章的声音，却无限温柔，无限怜惜，怜惜他们这样困苦，却毕竟在青春之时能彼此相遇，彼此怜惜。他的温柔，包容又化解了歌里的艰难，时世的艰难，生活的不容易。他的歌，从土里来，又连这脚下土地一起带到云端上。

从前看塞利纳的《茫茫黑夜漫游》，里面说："我们自身的音乐所剩不多，难以让生活翩翩起舞。青春已经消失在遥远的、真实的寂静之中……"当时不解，后来才明白，仍青春的人，他们的身体里自然就有音乐，就有灵性，他们的身体比麻木于生活的人们的身体要轻盈，那少出来的体重，就是音乐。音乐不是加，是少。陈明章的灵魂比他的身体要轻盈得多，他的妩媚，他的沧桑，都是扩大了的、澎湃的青春。赤子仍年少。

2011-10-08

野火摇曳

23号，到北大时，是晚上六点多。我径直走向百年纪念讲堂的小门。

公路已经在门口抽烟。陆续，丫头、浑、老褆……我问老褆：丁扬呢？她说，已经进去了。嗯，观众阵容完美再现2007年版本。是的，2007年，我也是一个人来看演出，在这里遇到我在北京的几乎所有朋友。是否北京的魅力也在于此：你孤身前往，事先不必约定，但一定会遇到朋友。朋友不是吃出来、喝出来、互相吹捧而来，而是有着近似的喜好，近似的审美，朋友是在一个个演出现场的门口，碰出来的。

2007年，我身后坐着李宗盛。旁边是桑格格和蔡一玛。结束时全场起来合唱，我唱哑了喉咙。

“野火”的歌声里，倒映着台湾的青山绿水，男耕女织。各个地方，劳动时唱的歌都好听，带着土地的根性，丰厚，热情，即使忧伤也是丰盈的，如“美丽的稻穗”。对前线亲人的怀念，千言万语化成一句：稻子已经丰收，何时回来收割？这忧伤，以沉甸甸的金黄色的丰收做坠，系于大地，是何等丰盛壮美。

后来，到了永龙的独唱环节。陈永龙，台东南王卑南族。2007

年在这个场地，听完“野火”，很长一段时间，到KTV我一定点“大武山美丽的妈妈”，放原唱听。他的声音，即使在大合唱中，你也能轻易辨认出来：高亢的，但又柔和。明亮，而不锐利。像洪七公教郭靖“亢龙有悔”：“精要不在‘亢’字而在‘悔’字。有发必须有收。打出去的力道有十分，留在自身的力道却还有二十分。好比陈年美酒，上口不辣，后劲却是醇厚无比，那便在于这个‘悔’字。”——这是我的形容，陈永龙自己的话是：其实我的歌就是，我家前面的院子，晒过稻谷的香味，那棵小我一岁的榄仁树，还有村子里妇女们的笑声……

像2007年一样，“野火”仍然像个小乐队。每个人唱时，别人为其伴奏。陈永龙是歌手，也是鼓手。陈世川是歌手，也是吉他手。我还记得，那一次，他们在台上细心为同伴调整吉他背带，那个细节，打动了我。这不是一群明星，而是几位同伴。这次仍然是，陈永龙的最后一首歌，是李子恒老师上台为他伴奏吉他。那首歌是子恒老师写的《海岸线》。

“野火”总监熊姐说，告诉子恒老师，要上台，买件演出服。子恒老师第二天给她看：我买了件几百块钱（台币）的衬衫，好看吗？这次上台前，熊姐说：马世芳，把你身上那件红T恤脱给老师穿。他穿一身灰，台上看不到！

李子恒，就穿着马世芳的红T恤，微笑着上台。他瘦，T恤穿着，稍微有点宽，但很夺目。他紧张地在裤子上擦手，可能手心出汗了。边擦边说：没准备上台，如果吉他弹得不好，请大家多多包涵……我想起我那么珍爱过的歌，《牵手》《风雨无阻》《蝴蝶飞呀》《祝你一路顺风》……还有我小学毕业时，第一次看到音乐电视，王杰的《红尘有你》。都出自他手。他像个新人一样羞涩地说完开场白，为永龙伴奏了《海岸线》。之后，永龙请他唱一首歌。他答应了。

结束后的庆功宴，熊姐说，他一直不肯答应上台唱歌。从台湾劝到北京。这次上场前又劝说，还是犹豫，熊姐大声说：你就唱一次又怎么了！

这就是那首，后来一个手机录的视频在网上流传到处把人听泪了的《回家》。现场听，明明是安静的旋律，却听得惊心动魄。红尘黄沙，一个游子在外游荡多年回到回不去的家，一颗心在红尘起伏半生回到原点，看似轮回，那原点又何尝是出发处，是被打磨过修改过犹自含住一口真气微微发光的赤子之心。这歌，只有他自己唱，什么人还能唱出“一会儿少年 一会儿老”的感觉。

那是一种安慰。有关创作、有关变老、有关心灵挣扎。时间真是耐人寻味。有人上得了舞台，却下不了舞台，总是在聚光灯下或者心怀聚光灯，老了，依然以虚荣挣扎写歌，那歌里的挣扎是不甘心老去、不甘心沉默、不甘心不被看见的挣扎。有些人，如李子恒，却把成分复杂的红尘黄沙，内丹炼制，高度提纯，炼制成一身月光，披星戴月，继续前行。

我屏着一口气，听完他的最后一句。这时，分明听到身旁的公路也长出一口气。他唱歌的这几分钟，我们都像走上一条微微发光的路，跟着他。这几分钟的追随弥足珍贵。

我以为这已经是这天晚上最好的时刻。没想到，还有。庆功宴上，一片沸腾之中，吉他传到李子恒老师手中，他微微沉吟，唱了《牵手》，这是二十年前他给苏芮写的歌。“因为爱着你的爱，因为梦着你的梦……”嘈杂狂欢突然都安静。他的歌声，褪掉火气，对听众已没有要求也无企图，而退回到本质。很多人是要利用音乐得到些什么，那不是本质。本质是繁华洗尽青山出。我想起以前看亦舒，她喜欢说最美的姑娘是对自己的美一无所知。当时百般不解：谁会这么傻？在三十多岁的这个晚上，听着这首歌，好像明白了。无所谓知，也无所谓不知，他对自己的音乐毫无利用之心，音乐不再是用来攻克人心的武器，而只是一把吉他，悠悠分享。

演出的最后一首歌，当然，是《太巴郎之歌》。

领唱：ho ai yan~ he yo i ya o hai

答唱：hau wai yai

领唱：he yo

答唱：he yo yan hai yo i ya o wan hau wau ai yai

领唱：hai ye yai

答唱：hau wai yai

今年2月，在台东“铁花村”，大陆去“走江湖”的歌手们演完，当地歌手要求回唱几首，以为款待。村长和永龙那几位得过金曲奖的“南王姊妹花”姐姐们，在此歌伴奏下，载歌载舞。联欢罢，坐上车要回住处，铁花村的音乐人们轮番上车，依在车门高歌此曲，ho ai yan 如海水翻滚，循环往复，恋恋不舍，几乎没走成。在北大，到这首歌时，大家纷纷站起来，在狭窄的座椅间腾挪，努力地伸展胳膊腿和着台上的歌声跳舞唱歌。散场后，感觉自己的手指头变粗了。想了半天，鼓掌时太用力……而庆功宴上，这当然也是最后一首。

《太巴郎之歌》，张玮玮起个调，弹唱一段，吉他传给陈世川。领唱，陈永龙，每唱一段，即升一调。永龙站到椅子上，挥舞双手，高声领唱。散场后，小河对玮玮说：别看永龙年轻，可他跳舞真有那股劲！像那年我看的，那几个七十多岁跳刀郎的老头的范儿！其实永龙不怎么跳舞，他只是自然地随着音乐挥舞双手，却有说不出的豪迈。越唱越高，终于结束！就在大家以为这个夜晚就此结束时，陈世川又弹起一首歌，随着音乐结束而呆呆站立的人们，瞬间拉起手，围着十人圆桌，跑起了火车！一圈，两圈，三圈，忽然一声呼啸，火车头一摆，一个亢龙有悔挺出包厢。服务员们看得好欢乐呀。我们跑得好开心呀！火车跑回包厢，大家穿外套，背包，拥抱，四散。

散场之后的队伍，形成一条长龙，沿着长街走，在打车，在找自己的车，在散步。我们打的车路过熊姐永龙时，张玮玮摇下车窗，大声地唱出这个夜晚的最后一句：ho ai yan~

2012-11-03

台湾的小清新与大修炼

第一次看“野火”的演出，是在 2006 年 7 月 19 日老“愚公移山”胡德夫的演出上，那是个小小的酒吧，能装一百人的场地塞三百多人，我们彼此贴心贴肺、半抱半拥地挤在一起。那也是我第一次听胡德夫，第一次听万晓利和苏阳，那时我绝不会想到，有一天我会和他们在生活中认识，一起喝酒。

那是胡德夫第一次来北京演出，可台下的观众似乎早已熟稔，熟悉地喊出《少年中国》《美丽岛》。和我站一起的公路，在第一首歌响起时已经挤向前去，消失不见。后来我才知道，她听歌听到哭，哭到后来陈永龙接受她采访时，看看她说：你就是那个一直在哭的人吗？那时，正当世界年纪还小时，感情容易澎湃，可是胡老师的歌又是多么容易令人澎湃。

最后一首歌《美丽岛》，胡德夫叫那个一直在打鼓的年轻人，英俊得像一尊雕塑的陈永龙来唱，听他唱歌，我忽然想到，看契诃夫时，他说，一个出身卑微的青年要为每一块面包而道谢、挨打、崇拜别人、常常感觉自己渺小，而他又是怎么在一个美妙的清晨醒来，发现自己是自由的——我听他唱歌时，忽然就想到了这段话，他的歌声就是那个醒来的清晨，而我身边不自觉舞蹈着的人群，他们心里，也许有同样的自由和美妙。

第二次听“野火”，是2007年5月22日北大百年礼堂，是一个迥异于酒吧的场地，大家被椅子框住身体，规规矩矩地坐着。那次有阿美族的小美、哈尼、卢皆兴、陈永龙，当然还有胡德夫。胡老师像掌门人，带着一群弟子呼啸下山。陈永龙不唱歌时，还是给人打鼓。鼓手，是整个舞台位置最靠后的人，照相时如果不注意，根本照不到。整个“野火”是一个乐队，他们四个人，有一把吉他，一个主唱位置。交换吉他和主唱位置时，顺便给对方调调吉他肩带，这一切做得自然而然，像一群相亲相爱的小朋友。

那晚，唱到最后，格格说：最后一首歌了，站起来吧！我们几个人互看一眼，站起来。举起双手，打着节拍，摇晃着身体。左边的，右边的，前边的，后边的，最后我四处看一下，几乎所有人都站了起来，跟着音乐，用身体打着拍子。整个会场，像风吹过茂盛的稻田。——每次听“野火”的演出，总是会陷入一种近于饮酒的沉醉，忘情到跟着舞蹈。

这也是“野火”一直给我的印象：是吹过大地的音乐，丰收时边饮酒边收割的音乐，是拆除身体樊篱，让陌生人手搭手肩并肩一起跳舞的音乐。

第三次看到“野火”，是在大陆一台乱哄哄的颁奖典礼后台，那次典礼，安排混乱，调音混乱（歌手唱歌时，监听音箱里闲人说话的声音都没有关掉），在那种荒谬又正经的气氛里，“野火”的歌手们，盛装登场。每个人穿着自己民族最华美的衣服，陈永龙穿一身亮闪闪，像迈克·杰克逊。他们上台时，工作人员兵分两路，助理直奔台下调音台，经纪人熊姐台上监控。他们的演出，在那个乱哄哄的场合，是最不失专业水准的一组。

和“野火”熟起来，是2012年2月大陆民谣团“走江湖”去台湾。“野火”是个小团队，歌手陈世川也做专辑平面设计，歌手陈永龙也做制作人。那一趟台湾行，台北到台东再回到台北，永龙是演出时的嘉宾，下台后的司机、导游、保姆……我切身领教到，看似松散的“野火”，有着多么强大的组织能力。这得益于经纪人熊儒贤无懈可击的协调力。离开台东时，一个个打电话：别落东西在酒店。等上了小巴，大家此起彼伏地唉哟起来，丢电脑的，丢钱的，丢诗歌的。熊姐微微一笑，她早知道艺术家的名字就叫不靠谱，安排永龙开着小车作为边锋，除买火车票也负责随时支援突发情况。

而我脑子里一直有陈永龙穿得闪闪发光的印象，“走江湖”在台北文化地标Legacy演出，他做嘉宾，穿着一件衬衫，简短排练后就是登台，我惊讶地说，你不换衣服么？他羞涩地说：我已经换好了。看我一眼，轻声说：上次在广州，因为是领奖，我们是盛装出现。平时很少那样。

演出散场，是CD签售环节。散场的人群中，我看到陈永龙扛着把梯子走过去。他何止没有盛装出现，根本也没有把自己的歌手身份、自己的英俊放在心上。在台上唱歌，是他的职业。下台，他是“野火”的工作人员。

我以前有个很狂妄的想法，认为大陆搞艺术的，吃的苦头多一些，作品也会因饱蘸痛苦而更有分量。至少，这荒谬现实主义就比净土一方更适合生长艺术家。所以，台湾多小清新如陈绮贞张悬苏打绿，而大陆多出怪胎如左小、或雄浑如青铜战斧的“舌头”。但这些年，我的想法在改变。简单地说，我不再以为艺术一定要水里来火里去。生活自会安排，生老病死，人人有份。不是比别人多吃几桶地沟油，就更痛苦，更艺术。

音乐家布赖恩·伊诺（Brian Eno）说，有两种艺术家，一种像农民，一种像牛仔。第一种发现一个东西就像一粒种子，安心养地，缓慢种植，精心培育，等待收获。第二种则像牛仔一样，四处远游，不断向陌生进发，寻找新的领地。“野火”比较像农民。这些年，我看着他们，慢慢生长，从最初的土地里长出来的歌谣，带着土地的散漫和野性，务必要让人随着音乐跳起舞来；到向“当下”伸出触角，如陈永龙翻唱李泰祥的专辑，又何尝不是向台湾流行音乐的过去回溯，逆向泗渡。

而小清新，是台湾最容易被误解的一层外衣。跟台湾朋友聊天时，时常觉得他们头角峥嵘。比如2008年世界金融海啸，大批企业无意招聘，新毕业生就业率低下，台湾当局对此，针对弱势中的弱势，于2009年推出“大专毕业生至企业职场实习方案”，协助近四万名大专生进职场实习，政府提供每人每月两万两千元（合四千多元人民币）薪水加社保，为期一年。让新毕业生获得工作经验及协助他们能顺利进入职场。在我看来的德政，却被骂得狗血淋头，嫌拉低了那三年毕业生的起薪点。在微博上，我也算常常转发负面意见的人了，可是跟我的台湾朋友一比，我像个顺民，总是站在政府角度着想。他们批评起政府，真的是冷酷无情加暴力。台湾人的概念是，你拿纳税人的钱，做好是应该的，做不好滚蛋，换别人做——我承认，猛一下还真的挺不适应这么冷酷地对待政府。

所以，在台北公共场合十七次放置“爆炸物”、吁请政府重视开放稻米进口对农民造成破坏性冲击的杨儒门，他的坐牢引发台湾媒体的大讨论，许多文人称他是良心犯。而“野火”的熊姐听说我要采访他，开车一路从台北把我送到猴硐，顺便也一见“偶像”。

小清新，是台湾人对亲朋好友、对日常生活，从心底涌出的安详平和之美。但在公共事务上，他们从不小清新。

就像几年前，第一次听到“野火”制作的《高一生：邹之春神》之震动，专辑是为纪念五十年代白色恐怖中被处决的邹族音乐家、诗人、政治家高一生，是纪念，但绝不流于政治控诉，音乐上的丰沛、空间之丰富，音乐可以如此美而有力，菩萨低眉，金刚怒目。或者，正因为是音乐，才可以如此有力，同时美丽。

再一次看到“野火”的演出，是2012年10月23日，仍然是北大百年礼堂，仍然是全体起立大合唱、跳舞。但多了另外的成分，是李子恒老师给陈永龙写的《海岸线》，是李子恒自己的《回家》，那一台演出，多了层复杂的情绪。部落音乐的狂欢，犹如给喜欢的人做饭，烧了一桌好饭备下好酒，欢笑着跟朋友们痛饮达旦。而因为李子恒多出来的那一层情绪，是好酒好饭之后的一杯百味交集的茶，茶杯里荡漾着散场后，天边一轮月。这两者都是音乐的本质。音乐是分享，是狂欢，是手舞之足蹈之。音乐也是描摹人生里难以言说的那一部分情绪，在明意识潜意识之间的狂流，狂流之后的沉淀。

很难定义“野火”，原住民音乐？流行音乐？民谣？“我们从来没有做过一件捡现成已经被成就的事，远看近看都似乎一直在绕远路，你以为它想要靠近主流了，但它又偏离方向；你以为它是在做原住民音乐，但它又频频在唱着华语歌曲，以为自己在搞抒情革命。”（熊姐语）

这大概和“野火”的总监，熊儒贤有关。刚认识熊姐时，知道她曾是我十几年前最喜欢的乐队“优客李林”的经纪人，一手制造并陪伴了优客李林的黄金生涯，立刻在心里默念：熊姐，受俺一拜！她经历过滚石及魔岩唱片的巅峰时刻，也亲身经历台湾唱片工业的分崩离析。从大工业的废墟中撤退离开，她做了小小的“野火”，“我种的是歌，不是歌手，以前都是种歌手，搞膜拜，一个歌手不灵了，就换人，但歌种在心里，那是不会抹灭的，比方你现在听《望春风》，还是很感动。歌就是呼跟唤，我把故事说完了，这故事是你的了”。

在猴硐，采访的空白时间，在那个被泥石流毁坏过的旧校区闲逛，熊姐说，她的愿望是每一场演出，都能提供观众不一样的体验。我说，这太奢侈。唱歌是歌手的职业，做演出是经纪人的工作，要每一场都不可复制，都新鲜特别，要求太高。

结果，我离开台湾的两个月后，“野火”在猴硐生态园区做了场演出——猴硐小镇本身是资源枯竭的矿区，当地经济陷入停滞，大部分是老人与小孩留守家中，年轻人出外打工。这被挖空后遗弃的小镇、泥石流破坏后被放弃的校区，成为一个隐喻，多么像现代化中先被榨取后被抛弃的农村与农民。在这里，“野火”做了场免费演出，当天去看演出的人，每人要带一件自己喜欢却不再想保留的物品，并且把这物件的故事写下来，到现场跟别人交换。现场去了许多人：环岛卖咖啡的人、做染布的、做陶艺的，以及许多当地的小朋友。歌声，就这样在这个寂静的小镇上空响了起来。

而在猴硐那个下午，听说当地有位邮差很会唱歌，熊姐立刻说：叫他来玩。打电话，邮差说，在送信，可能要过几个小时。太阳西斜，再打电话，邮差说：今天信多得不得了，还没有送完。我们到底没有听到邮差歌手的歌声，只是想象一个粗壮汉子扛着邮包，在高低弯曲的山路上下穿梭，在有猫村之称的猴硐的诸多猫窝中寻找门牌号码。不过这次，“野火”2013大陆“走江湖”，把他也带来了。这次来的还有陈永龙、荻部丝、琳恩雅、张文翰、曾仁义、陈俊辉，最后一位就是邮差，人称辉哥。

“野火”的音乐，就是这样随机捕捉，从生活中来，到生活里去。

在台北，熊姐请我在一家朋友开的餐厅吃饭，每一种食材，都是女主人天还不亮去市场选的最新鲜的，不使用任何添加剂，是食材最原始的味道。女主人是一位清秀女子，衣着淡雅大方，间或来陪客人聊两句，不会让人觉得太热情，也不会让人觉得被冷落。直到最后一道甜品，她微笑着站在旁边，告诉我们，她的父亲前两日刚刚去世。她办好一切大事，还是开了餐厅的门。外面，她的两个孩子等着接她下班。平时他们是不接的，但在这个特别时刻，他们要陪她度过。

她做出来的饭菜，没有一点苦涩的味道，是平和安详的味道。我相信食物能传递出的，比人能表达的还多。

可是，说着说着，仍然眼眶微红，出现在她微笑的脸上。她说，我们都知道是怎么回事，可是明白是一回事，接受又是一回事啊。

无意一回头，看到春天父亲去世的永龙，已经哭得控制不住。

哪有什么小清新或大痛苦，只要你诚实面对自己，哪里的人生都是一场漫长修炼，上下求索。“野火”发行的，李子恒老师2013年的专辑《回家》里，就有这样苦炼过的气息。人世间的无奈与悲哀，不因你生于更发达之城市，或政治更为自由就消减半分，一样要蹚过精神的幽暗之地，一样要面对生而为人的无力与悲哀，一样生老病死，一样求不得爱别离。而艺术，有时候，就是对无力感幻灭感的回击，以及回声。

2013-11-11

林生祥：淡淡的一束光

十月初，我和周云蓬、乐评人邱大立一同，到台湾南部小镇美浓拜访音乐人林生祥。由于“交工乐队”的经典专辑《我等就来唱山歌》，美浓已变成当代音乐史上一个“圣地”。

我们在大巴站等林生祥，小小的候车棚下，一个中年男人无所事事地站着。窄街两边，多是八十年代建筑，没有高楼。若不是招牌上的繁体字，这里与内地县城并无太大不同。痴爱台湾音乐的大立，打听多次举办演出的“双峰公园”，男人一指：喏，就是那个小草坪了。

美浓人口据说只有四万，以烟草、耕种为主业。以前还有许多养猪场，若干年前，政府回购养猪场，大多人就此转营。生祥岳父家的养猪场，荒芜一段时间后，改建成名为“湖美茵”的民宿。庭院里种两排大树，靠山的池塘里，养鱼养鹅，下的蛋被生祥女儿抱回家，变成我们的晚餐。每天上午，太太带女儿到这边玩，因为院子大，小孩跑得开。中午生祥起来，妈妈饭已做好。下午如果没事，就去跟朋友打球。傍晚回来，帮女儿洗澡，吃晚饭。晚上听音乐，晚睡。

他的好几张专辑，都是在美浓的天然环境中录就。《我等就来唱山歌》是在作家钟永丰家的烟楼上，控制台上飞着苍蝇。《大地书房》

《种树》是在“湖美茵”，乐手累了，就出来坐在视野开阔的池塘边，对着青山，抽烟。我们说，这样录出来的歌，意境能不好吗？

唯一的问题是，会不会闷？我说，大陆很多乡村，年轻人都出去打工，因为种地没有钱。台湾如何？他点头：其实也一样。但美浓，因为有一批像我这样年龄的人回来住，还好一些。

很长一段时间，林生祥过着“台北—美浓”的两地生活。他在淡水郊区租房住，我们也曾路过那一带，长长的海岸线，白浪滔天，荒凉萧瑟如世界尽头。不远是连绵群山。中间是繁荣的金山老街，真是大山大海人间烟火都丰盛的好地方。

女儿出生后，他想了三天，退掉房间，彻底回到美浓。但美浓的建设，早在若干年前就已进行。因为反水库运动，大批年轻人建立起联系，他们回到家乡，而曾经，“年轻人回老家”被视为在外面混不下去的失败行径。他们开办美浓黄蝶祭、外籍新娘识字班、成立美浓客家文物馆……“黄蝶祭”成为台湾一件文化盛事，包括大陆“五条人”在内的多支乐队都曾参演。

美浓不是一个旅游景点，它提供的是一种大城市之外的生活方式：宽敞的住处、好空气、无污染的山水。这是幸福的普世价值。这样的美浓是一代人努力结果，一批年轻人选择回故乡、反抗建水库、建筑当地文化生态、不过度开发，停止污染的养猪业……美浓展现的是，如果人类善待乡村，乡村能回馈你怎样的生活。

台北的朋友管林生祥叫“隐士”，因为他平时都在美浓。

之前，林生祥《大地书房》巡演到绍兴，我第一次见到他。棕色外套，黑色宽裤子，银灰色运动鞋，像准备走很远的路。他的气息是植物性的，气质介于文人与劳动者之间，眼神敏锐。

他唱客家话，音乐像南方的水稻田，阡陌纵横，细致秀丽。很难想象，这样的音乐，怎能作为反抗音乐，成为“美浓反水库运动”的主力。他的常年搭档、词作者钟永丰，最初也感觉他的音乐“太软了”。

柔软有柔软的力量。1993年，美浓乡民到台北立法院反水库。台北街头，车水马龙看得乡亲头晕，又是去“衙门论理”，众人士气低落。组织者让大家唱起山歌，话筒从一只手递到另一只手，山歌唱了一支又一支，乡亲们高高兴兴游行到立法院。唱着歌反抗，这是柔软之力。

虽是游行，客家女子，都穿上客家蓝衫，干净秀丽地站成一片，这是美的力量。

美浓和林生祥，就是这样，既柔软又有力——我写林生祥，不停穿插美浓，因为他们浑然一体，如此相像，就像写评弹就必须写苏州，林生祥的音乐背景，不是寂寞的都市客，而是美浓四面清寒的群山、年轻人流失因种地不再能提供一份有尊严的生活的当下，而出去打工的伙伴们、混不下去回来的成仔们都成为他音乐里常客。

那天晚上，我们到他楼上书房听音乐。墙上，挂着一位画家画的“反水库运动”中的林生祥，紧抱吉他，大声疾呼，嘴巴像梯子，或一道愤怒的铁轨。我说，不像，你没那么愤怒。他笑而不语。

这时，周云蓬弹起月琴，月琴被他改造过，声音空灵。他抄起吉他应和。吉他意外地低沉汹涌，像淡水那荒凉有力的浪。他坐在窗前，低头弹琴，脊背微弓，嘴边叼一支烟，我想起他说自己晚睡。许多夜晚也许都是这样，有人，就弹给朋友听。没人，就弹给自己，弹给窗外美浓的山水听。那一刻，我感受到他的锋芒，像一个剑客，夜夜磨着一把剑。锋芒来自孤独。我想起他说“在以前交工的年代，我照着镜子看，我的眼神很利，利到可以割伤人”。我不再觉得那副大声疾呼的林生祥“不像”，因为那是一个阶段的他，或另一个他。

音乐停止，他掐灭烟，抬头微笑，又恢复到一个和善柔软的人。

台北的乐评人说林生祥是“国宝”，我第一次见到这样质朴的国宝，像一块檀香木，散发沉沉香气。但离开美浓后，我清点记忆，发现对于乐迷来说，美浓令人向往，因为有“交工乐队”，有“菊花夜行军”。对于去过美浓的人，美浓令人难忘，因为有林生祥，他像一束淡淡的光，柔和地为他周围一切赋予光泽。

一切好山水，因为美好灵魂的存在，它无情的美也变得有情，更荡气回肠。

2011-10-27

像一颗孤独的星球

在我当下的中文星空里有两位大神，徐皓峰、刘慈欣。大，是尊称，崇敬之意；神，是其作品神乎其神。我写过很多次徐皓峰，这次，我试着写一写刘慈欣，科幻迷称之大刘。

道格拉斯·亚当斯的《银河系漫游指南》中，有一种酷刑叫绝对透视漩涡。让人瞬间看见无限的宇宙、无限多的恒星，它们之间无限远的距离，以及你自己——一个小到不可见的点上的一个小到不可见的点。所有看到的人都瞬间崩溃。它从根本尺度上摧毁了人的存在感。大刘代表作、恢弘壮丽的《三体》中的"大尺度"，正是对每一位读者施此酷刑。

但被触动，不单因其大，而在其"小"。大刘笔下人物，并不见得生动，但特别中国，尤其真实。《三体》起点是一个"文革"中家破人亡的少女，这背景如此痛苦，使之后爆炸式层层飞跃有一个扎实的根。一粒种子，长出来的树枝刺破天空。看他的书时，我常想象背后的作者，他在山西一个终日灰尘蔽日的小镇生活几十年，同事和妻子甚至不知道他在写什么，看一场《阿凡达》，要坐三个小时的火车。在一个没人关心星空的地方，他孤独而缓慢地发展出自己的整个宇宙。

《赡养上帝》，一位上帝流落到中国农村被农民赡养，这两者的距离，可能比从地球飞到人马座还远；《乡村教师》里，寄宿的孩子们开学时背着米或面，娶不起老婆，每天喝酒赌钱等待救济、目光呆滞的农民们——这哪里是科幻，而就是纪录片。他太了解中国了。或者说，他太了解中国的底层。这了解赋予他一种绝不风花雪月的视角。他的人物，在抉择时常处于一种"零道德"状态。在此，宇宙法则的残酷和中国底层的残酷互为镜像。章北海要消灭同伴，因为太空中，燃料就是生命。活下去就要杀掉同胞，夺取燃料。他选择让自己的良心下地狱。这是一种赤裸裸蔑视人类道德的行为。它让我们发现，所谓道德是由一定物质保障的。当生存条件被剥夺，只能选"生"或"死"时，道德是多么不堪一击。在太平日子谈这些只能是思想实验，但传说中的"世界末日"的逼近给了我们真实感，这个命题比我们能想象的要沉重得多、复杂得多、严苛得多。就像七年前，大刘和上海交大的江晓原教授在成都对谈，大刘指着做记录的美女说，如果世上只剩我们仨，必须吃掉她活下去你吃不吃？美女表示愿意被吃，但不愿意吃人。教授不愿意吃人活下去。大刘说，我会。

同时，他的笔下有一种气息我似曾相识，那是20世纪俄罗斯文学的底色，具体来说，是陀思妥耶夫斯基、安德烈耶夫们的"坚决猛烈冷静的态度"，"则便是我们在俄国作家的作品中常能遇到的，那边的伟大的精神"。（鲁迅语）这"坚决猛烈冷静"行诸于他笔下，是强烈的科技崇拜、忧患意识、英雄主义。他对平庸、麻木的厌恶像岩浆一样噗噗地向外冒泡。

他的书中洋溢着精英意识、对生命价值的衡量。这个主题被陀思妥耶夫斯基在《罪与罚》中推到极限：一个优秀的人，是否有权剥夺一个无价值的人的生命？此处精英不是权贵，而是精神、智慧层面上的优越。对一群麻木的村民来说，一个清贫的乡村教师，就是精英。

在衡量的公式的尽头，弱等文明怎么办？相对于可能存在的星际文明，地球很可能是弱等文明。相对于世界，中国也并不算最强。弱，是否就不配生存？大刘的解决之道是：以死救赎。战争中，弱者的胜利之途通常是自杀式的。这自杀，有时是放弃正常人的生活；放弃人类安全感来源——地球——永远自我放逐在太空；更多是祭起自己生命，“最后他的整个身体都变成了一根跳动的火炬，和太阳的火海融为一体……”；甚至是以全部人类的生命为筹码。有意思的是，科幻界也认为，刘慈欣是以自杀式的惨烈牺牲写成《三体》——他将本可写成许多长篇的创意塞进一本书里，产生核聚变式的冲击力。

他赞美自我牺牲、英雄主义。身为弱势文明，他相信唯有此才能赢得战争，以及，赎回尊严，在强者面前。这也是他小说的美感所在。这与前面“零道德”的残酷的现实主义并行不悖，绞成大刘宇宙中的双准则，并赋予这个宇宙以意义，及壮丽冷酷的整体感。

而当生命被拿来衡量，和追求利益最大化的理性、科技相比，“爱”“善良”这些无法估量的怎么称？还是说，在一个极端的世界——比如战争、灾难，爱和善良就不该存在？——或许作者也为之不安。这纠结体现在《三体》里，他不无揶揄地描写“圣母”程心，她毁掉地球正是出于爱。可是最冷酷的、拯救地球的罗辑，大刘选择通过他的口说：支撑我的，是爱。即使是公开表示可以吃人的大刘，也无法面对某面人性的彻底缺席。这种“罪与罚”式的纠结，是《三体》壮丽图景下，细微震动人心处。

但我却常常想起一个故事。在电脑还很罕见的九十年代，孤独的山西娘子关电厂计算机工程师刘慈欣给北京一个科幻迷团体去信，“告诉他们可以来我这里用电脑”。这封信，如一颗孤独的星球，向几万光年之外的地球发出呼唤：有人吗？

它发出了一个善意的信号。

2012-12-05

在空白处生长

对很多写作者而言，生活意味着“在别处”，在高山里，大海边，除自己家以外的一切地方。对于李娟，生活就是生活，是零下四十度的冬天，大雪堵门，去后院厕所的路，都要拿铁锹一锹一锹挖出来；生活是漫长的隆冬，没菜了，连咸菜也吃完，连作为一颗纺锤、在床底下躺了几个月四面长芽的瘪土豆也吃了，连最后的四颗蒜也吃光，偏偏那年的冬天格外漫长……

许多人写她都提到萧红，对我来说，看到李娟，我开始理解萧红——她的“桌子可以吃吗？草褥子可以吃吗？”的凛冽世界，也许并不像我之前想的那么痛苦。在某种极端境遇中，事物褪去所有纷繁面目，露出红漆下面的白木头茬。在贫瘠中，每一块钱、每一分钱都有它确切的意义：一碗饭、一个馒头、一包挂面。它的指向变得清晰、狭窄，而不是衣食无忧时的无穷选择。贫瘠中的词语也变得缩紧。它不再是平日状态时的大而无当和浮华，而随它指向的对象紧缩。此时，词语、句子都变得饱满，简单，像它们刚刚被生产出来的模样。像深冬的清晨四点等在早点摊的门口，拿到第一张出炉的烧饼，香的，热的。

就像李娟，看她的生活，无比贫瘠。贫瘠是缺乏，并将一直缺乏，直到令你绝望。李娟当然是匮乏的，她十几岁在乌鲁木齐打工时，最大的愿望是冬天有一双鞋子；她一个汉族姑娘，站在哈萨克族的狂欢舞会之外，等一个自己喜欢的男子，同时知道这感情的无望；因为没有户口，因为拖延交学费的耻辱，她放弃读高中。在漫长的跟随牧民转场的时间里，我想不出她到哪儿去找书看，完成自己作为作家的阅读上的积累。

她的生活，与被现代化发明填满的我们的生活不同，她与生活更短兵相接。她的生活是喝口热水，都得挥舞斧头劈柴生火的古老的生活，笨拙，沉重，庞大。她的生活像她所在的阿勒泰一样，有巨大的空白："大地辽远，动荡不已，天空更为广阔——整个世界，天空占四分之三，大地占四分之一。"

如果是一个男人这样生活，也许会写出杰克·伦敦式的文字。或者是一位暴烈的女子，会是《呼啸山庄》。而李娟是柔弱的。她身体虚弱，"第二天坐车头一天就开始晕了"；她的粗心事迹至今被当年领导见人就说；她笑起来总是用力抿着嘴，怕暴露了嘴里的两颗龅牙。

她是柔弱的，像水一样。她不可能"对抗"大自然或者是生活，而是柔软地承受。"'痛苦'这东西，天生应该用来藏在心底，悲伤天生是要被努力节制的，受到的伤害和欺骗总得去原谅……"这是外婆去世后，她写的几句话。她的文字，不是从阅读得到的高度，而是从生活里体验到的，带着生活给你的痛苦、冬天里皮肤的皴伤、晕车的难堪，吃饭时烧柴火的温度。她的老师是阿勒泰，是许多还没有名字的旷野，是古老的哈萨克文明，是作为一名汉族女子、站在人群外张望却无法融合进去的旁观者的角度，以及，巨大的孤寂。

沉重的生活噼里啪啦地穿过她，也被她所清洁，变得轻盈澄净。变成我们人人欣赏的“别处”。她写的每一件事，我们都惊奇，都新鲜，都啧啧点头……但这一片旷野并不为此承担任何责任，也有的人，生活于此，心生感慨，却无法言表，于是那些文字在心里干涸，变成一块硬痂——我看到有人在读完李娟的书后，这么说自己。

值得庆幸吧，在无数的机缘巧合之后——差一点点都不行——我们才看到李娟。但回念一想：旷野上的每一朵花，不都是这样来的吗？春天时冷一点点，或者有一只鸟没松口吐下种子，都是致命的。而她对这危险却毫无知觉，只管开放。

2012-1-6

卡米耶：走向疯狂，走向胜利

知道这个女人，是先看了伊莎贝拉·阿佳妮主演的《罗丹的情人》，电影很好看，只是当我再看安妮·德尔贝写的那本书后（中译本书名叫做《罗丹的情人》，同样拿罗丹做标签和卖点），我发觉，电影里对爱情的成分太夸大，太渲染，把卡米耶的悲剧渲染成一个痴情女子的爱情故事。然而她不是的。

她是个天才。天才跟世界的关系，就是要么征服世界，要么被世界压碎。在这一点上，所有天才的命运都相似，他们不谙世事，不懂妥协，在别人弯腰进入权贵人家进行社交时，在艺术市场交易繁忙时，他们躲在自己的洞穴里，打磨着自己那块石头，那幅画像，像野兽一样拒绝帮助，像野兽一样孤独和凶险。在这一点上，卡米耶与凡高，与所有生前未被承认的天才的命运相似。

然而，凡高有一个懂得艺术的弟弟提奥，提奥并非只是因为他是自己的哥哥而支持他，他懂得凡高的好，他能为其在整个艺术史里定位并且赞美。他是一个训练有素的艺术赞助者。凡高尽管一生忧患，但他在画画的需要上从未受到限制，颜料、画布、画框，所有的东西像流水线一样源源不断从巴黎寄给他。而当他到巴黎时，他发现在印象派画家里，自己并非一文不名。这些同行们都听说过他，看过他的画，与他亲近。这来自同行的接纳，比什么都能温暖一个天才的心灵。

而卡米耶的命运在此处与凡高分岔。她跟罗丹在一起时，来看她作品的人都意味深长地看着罗丹，而不是她的作品。她的雕塑被罗丹的阴影笼罩。她和罗丹分开时——更糟糕，那些人索性用冷漠和狐疑面对她，不再看她，转过脸去——她竟敢跟罗丹分开，她竟敢。所有的同行如果不是罗丹的弟子，也是他的仰慕者，他的同代人，他们默不作声地对一个女人执行了处罚，在这里，卡米耶不是一个艺术家，而只是一个胆敢离开一个著名男人的女人，如此而已。

所有的天才都要用作品说话。可惜的是，并非所有天才都能留得下作品。伍尔夫已经解释过，何以有女小说家，而缺女诗人、女剧作家，因为小说可以被打扰，可以一段一段地进行，奥斯汀的所有小说都是在起居室里，听到门响就收起来那般遮掩着完成，这无损她作品的光芒。但我们没有女作曲家，女莎士比亚，女雕塑家，女建筑家。

卡米耶是雕塑家，在她的时代，雕塑室对女人还是一个禁忌。能进去的只有女模特，在那里面是受人戏谑调笑的对象，她走进去，用自己的意志劈开像石头一样坚硬的成见。可是成见太多，太沉重，而她的翅膀上很快有了重负，她爱上罗丹，罗丹并未妥善对她，使她小产，让她飘零，而她却从此被世人视为罗丹的情人，从那时直到现在。

天才不需要同情、怜悯，那是弱者才需要的。所以我不同情她。天才的质地是一种骄傲的大理石，当它创作时，它可以从高山之巅滚落下来毫发无伤，但是，轻轻的一下敲击，也可以让它全部粉碎。

这一下敲击，可能是世人的冷漠，是缺少爱，是拒绝，是天才自己内心的骄傲发作，她的骄傲能把自己完全粉碎，不留余地。

卡米耶便是被自己内心的骄傲，被世界的冷漠捣碎。

她不需要同情，“她开始反省自己，她比任何时候都要孤独寂寞，脾气暴躁。她就是雕塑，她再也不会有父亲，不会有情人。而且，当她离开这个世界的时候，那些人会带着一种感慨万千的语气说：这曾经是一个女人。他们就是用这种语气向那些伟大人物的逝世表示自己的敬意的。

“为了重新赢回这种尊重，她决定足不出户。只有她那些雕塑作品可以谈论她，有些人割伤自己的耳朵，她却在一点一点地自我毁灭。她比一个加尔默罗的修女更加正直，对自己的要求更严格。……她时刻准备着，她在观察这个世界，男人们的世界，这个有权有势的人的世界。巨人在等待她，耐心地等待她。”

她不需要同情，即使是她在一阵突然的疯狂中打碎了自己的全部雕塑，只剩下在罗丹工作室里一些零星的作品流传后世。即使她生命的最后三十年是在疯人院度过。她仍然不需要同情。在一次争吵之后，她冲到罗丹的工作室，看到一尊雕塑，她站在那里，看着，看着，“在这块石头上面，他们已经说明了一切。这，才是他们真正的王国，是婚姻的温床。是在他和她之间不断延伸和重生的遥远渴望与聚散离合。这是与今生拥有同样强劲的力量。”她永远不会有丈夫，不会有自己的房子，也不会有孩子，可是，“她从此成为走向胜利的女人，自己做自己主的女人，用自己的双手雕塑的女人。”

曾交集过的，终再交集

纽约。沸腾的六十年代。帕蒂与罗伯特，两个饥饿的年轻人相遇，他们是来纽约找机会的文艺青年，他们并肩参与并引领了大时代。彼时纽约，摇滚巨星“大门”、詹尼斯·乔普林、吉米·亨德里克斯闪亮同时，“垮掉的一代”运动中的诗人也并未退场，他们和安迪·沃霍尔的明星们川流不息地走在街头。这一切都被写入这本书中，犹如一部六十年代艺术家生活志。

首先，穷。

吃永远都是个问题。最常见的晚餐，是去买一条头天的面包，或者不新鲜而处理的曲奇。帕蒂生病，大夫叫她吃红肉补充营养。她的解决之道是穿件大口袋外衣，去超市偷两块牛排。食物是珍贵而可敬的，大诗人威廉·巴勒斯看望朋友，登门时会拿出一条报纸包着的鱼。即使切尔西酒店里那些成名已久的艺术家，“过得充其量也就像个奢侈的流浪汉而已”。很长一段时间，她和罗伯特只能买一个三明治分吃。“我总是吃不饱……我们要是没钱了，也就不吃饭了。”

准艺术家最经常的工作是在书店打工，帕蒂周薪六十五美元，敏感的罗伯特为上班损伤艺术感觉而苦恼，帕蒂恳求他辞职，自己养家，因为“我的性格比较顽强”。她干了七年。

第一个住处月租八十美金，彻底的清洁之后，他们到街上捡家具：一张废弃床垫、一个小书架、坏了但能修好的灯、陶碗，甚至还有一块旧波斯地毯。他俩有了一个家。他们可以并肩画画，一画几个小时。他们寻找的正是这个：一个可以并肩创作的爱人和朋友。

最糟糕时是“阿勒顿”酒店，房间里都是尿味，到处都是瘾君子。罗伯特身染淋病，发烧感染。这是地狱。地狱中也有天使，“一个憔悴的美男子裹着破旧的雪纺绸”，曾经的芭蕾舞者，他的牙齿快掉光了，但金黄的头发让人遥想他全盛时的风光。他向帕蒂介绍这些地狱房客们，他们为酒精和毒品付出了怎样的代价，“我从没见过这么多共同的痛苦和失落的希望……”这是黄金时代的阴影部分，在书的后半段，它会变得浓墨重彩。而“阿勒顿”和下面的“切尔西”酒店加起来，就是一个完整的六十年代。

“切尔西”酒店是天堂。你可以用作品换住处。身无分文的帕蒂用他俩的画当押金，住了进去。切尔西收留过的艺术家有迪伦·托马斯、鲍勃·迪伦、托马斯·沃尔夫，阿瑟·克拉克……走在酒店，仿佛随时会有队老灵魂迎面而来。帕蒂入住期间，切尔西仍保持着它的魔力，伍德斯托克音乐节的歌手都住这儿，想想那个阵容！她在大堂写作，艾伦·金斯堡、威廉·巴勒斯，“他们穿过切尔西大堂的时候，每一个都像是我新的大学”。

如果缺少“切尔西”的老板这样的商人，黄金般的六十年代也会失色。比如地下社交中心“马克斯”的老板，米奇·拉斯金对艺术家如此慷慨，甚至提供一个免费自助餐，只收一杯酒钱。这个自助餐养活了诸多艺术家。“马克斯”和“切尔西”一样，摆满艺术品，这是饥饿艺术家唯一能回赠的礼物。这境况一如当年的巴黎，印象派画家以画换酒，这些风流背后都有一个不堪其扰的忧伤的浪漫商人。

下一个住处离切尔西酒店很近，因为房客死在里面，房租便宜。我不由猜测那儿没有卫浴设施。深夜，帕蒂说自己要上厕所，罗伯特说你去切尔西啦？“没有，我尿在一个空的外卖杯里了。”洗澡也回切尔西，到走廊浴室。

即使穷，他们仍有能力使生活发光。“我们会去参观美术馆。我俩的钱只够买一张票的，所以两人中会有一个进去看展览，回来讲给另一个听。”

还有，来自旧货摊的衣服，被他们点石成金。王尔德和波德莱尔式的厚长款大衣是时髦的；帕蒂最常穿的是黑锥形裤、白线袜、黑芭蕾舞鞋；“我们把业余时间全花在旧货摊上了，只为淘到地道的黑色高领衫和白羊皮手套”。这些服饰，现在看起来，仍然占据审美高点。

书过中途，死亡之声变得急管繁弦。艺术之路，死伤惨重。先是年代巨星的纷纷陨落——“大门”主唱吉姆·莫里斯、詹尼斯·乔普林、吉米·亨德里克斯——宣告黄金六十年代的结束。安迪·沃霍尔的明星们也半途倒地：坎迪·达林死于癌症，廷克贝尔和安德烈娅自杀，其他人将自己献祭给毒品和厄运。最后，安迪·沃霍尔去世……这一代的明星有一个急促的亮相，又急促地退场，身为一代人的排头兵，他们营造了先锋的生活方式，也死于先锋之中。

当然，这本自传，焦点还是两个艺术家的恋情。两个同样敏感、自我的艺术家如何相处，是一个永恒的难题。穷、成名前的焦虑、创作焦虑、不忠……他们全部遇到。他们有一个原则：“我们之中必须有一个作为指定的保护者，保持警觉。如果罗伯特用了药，我就要神志清醒地在场；如果我情绪低落，他就要保持积极；如果一个人病了，另一个就得健健康康的。我们从不同时任性，这很重要。”

起先，他们的关系得以保持，是因为纽约的冷酷。他们从地狱酒店离开时，发誓再不分开，直到两人都做好自立的准备。冷酷的世界逼他们抱紧，仿佛对方是大海上的唯一浮木，“那意味着我们并不孤单”。

关系受到挑战，是两人渐有名气，进入纽约的社交场合。帕蒂后被誉为朋克之母，她天性桀骜，在优雅的场合，说话像卡车司机的她只会格格不入。罗伯特却渴望进入上流社会，那是他的野心所在，他必须要为自己的作品找到一个渠道，让它进入艺术殿堂。这个分歧，被他们以爱和幽默超越。“我从他身上明白了，矛盾往往是通向真理的最清晰的道路。”

他们关系的真正纽带，是作品。双方都不曾放弃过创作。尤其是帕蒂，即便在她为养家而打工的七年里，即使是四角关系崩溃后，在两个男朋友都离她而去的孤独中，这段关系没有让她停止创作。她也从来不曾为此完全牺牲自我。在双重孤独中，她顽强地开拓着自己的音乐与诗歌的边界，她依恋罗伯特，但并不依赖他。反之亦然。对于一个艺术家，这就够了。它宣告他们的关系不会止步。

罗伯特虽然艺术上迟迟不得志，可他是万人迷，无论男女，对他都是“如饥似渴”。只有帕蒂知道，通往他心的唯一道路是他的作品。反过来说，帕蒂的第一张单曲专辑，是罗伯特出资并制作。她的第一场作品朗诵会，是他筹办。第一张专辑的经典封面，当然，由他拍摄。她的《因为夜晚》登上“TOP 40”的第十三名，当街上每个店都在放这首歌时，罗伯特毫不掩饰骄傲，用他们之间的“兄妹语言”说：帕蒂，你比我先出名啦。

他们无愧沸腾的六十年代、花童、嬉皮士，爱与和平。他们的恋情超越了婚姻、贫穷、性别、排他性与占有欲。他们走过种种情感极限，犹如蒙眼高空走过钢丝，无数次千钧一发，仅凭心无杂质而没有坠落。就像这本书名：只是孩子。

1987年，帕蒂的第二个女儿降生。她带着两个孩子来到纽约，完成自己的《人民拥有力量》专辑。封面仍然由罗伯特拍摄，当时他已诊出有艾滋病。帕蒂的丈夫看到那张照片说：“我不知道他是怎么做到的，所有他拍的你，看起来都像他。”是的，两人都惊人的瘦，都有一个方方的、石头一般的、倔强的下巴。罗伯特以镜头抵达他们的连接之地：他们是灵魂上的双生子，艺术上的兄妹。

罗伯特伤感地说，“我们从没有过孩子”。

“我们的作品就是我们的孩子。”

那是他们之间的最后一张照片。1989年3月9日罗伯特去世。告别时，帕蒂答应他，把“我们的故事”写出来，就像年轻时，把自己的诗和画集当做最隆重的礼物送给对方，那是他们感情的基石，超越一切的永恒。这本书，《只是孩子》，在21年后写成。

那曾交集过的，
终将再度交集。

2012-12-03

跋

沉默也会歌唱

去年做电台时，有一期，是朋友邦妮来访问我。我访问了三十多位作家，节目组觉得，反过来，访一访我是个有意思的事。邦妮问，朋友聚会，你话不多，小时候也是这样吗？——当然不。小时候我超爱表现。全校联欢，上去唱歌忘词，台下哄笑“下去吧”，我气得跺脚大喊：我偏不！我偏不！与全校人怒目对峙。直到台下一位老师看不下去，上台——我眼泪汪汪地被我妈带下去。再小一点，据说有人欺负我姐，我当即举起小板凳迎头痛击，力退强敌。当时我才一岁多，她俩都三四岁了。

第一次的挫折，来自家族聚会时，我说一个大人吃饭狼吞虎咽的，大家哄笑。我涨红了脸。在八十年代的县城，小孩说书面语是件挺可笑的事。后来这个典故，和我拽过的其他成语被编成段子，在亲戚聚会时时常被拿出，博人一乐。如今想想，大家只是喜欢笑，他们也笑别人。但我觉察到人群中的恶意，它凉飕飕的，贴地而来，像一条黑色长蛇，昂着头，在人群之中寻找弱者。坦然接受，并迅速能够讥笑别人，你就在这人生第一堂课中修满学分。我选择沉默。在一个你不适应的环境里，要么修改自己去融入，要么闭嘴，自逐边缘。但这样的退出，就意味着，在学校里，在职场上，在人生所有的主战场，你将永远都是个旁观者。

很长一段时间，我在豆瓣的“父母皆祸害”潜水。去过这小组的人知道这意味着什么。小学，被一个顽皮的男生丢石头砸破头，血流到脸上。我最着急是求同学不要告诉我爸妈。对于一个有着暴躁双亲的小孩，这似乎也可以理解。甚至成年很久之后，好几年中，春节都是矛盾大爆发之际。醉酒、争吵、大吼、狂哭，每个人都觉得别人对不起自己，用凳子砸自己的头，光脚在碎玻璃上走。后来，看古希腊故事，在宙斯之前，最早的神族是巨人提坦，他们有着自然力量的狂暴，打起架来地裂山毁，天空倒塌。他们打一架就把井井有条的世界打回混沌。我的家人，是情绪上的提坦族。在这样古老神族后裔的家庭中长大，生活仿佛建于薄冰之上，大地深处的混乱、空虚在冰层下汹涌起伏。好处是，我不用等到成年才知道这些。别笑，在体会人生无常上，我赢在了起跑线。

薄冰上是无法建筑日常生活的。我丧失了人际交往中的分寸感。来北京后，有次遇到件恼人的事，朋友听完大怒：你怎么没当场发火？我不知道我可以发火。我只熟悉无声的忍耐以及狂暴的吼叫，中间开阔的情感地带，对我是完全的陌生。没有人给我写上“此处可发火三百字”“此处可拒绝”的脚本。人间这些细腻具体的情感分寸，对我们巨人来说是很茫然的……

这样，写作就很正常了。十四岁至十六岁间，投很多稿，当时我有个很大的焦虑：若十八岁还不能成为作家，就不得不像其他人那样生活，像所有人一样。如果十八岁——最迟十九岁，还不能成为作家，我就去死。定在十八岁，是担心年纪再大，就变庸俗，不舍得死了。少年，天生对成年人是有敌意的。但我仍然厚脸皮从青春期活了下来。1998年前后，我目睹两位亲人去世。失恋的感觉、死亡的震动，试着写了些简短的文字。这部分简陋的尝试与开端，也被收入这本书里。

2001年，我毕业，要去北京。当时家中出现变故，妈妈入狱，姐姐离婚。我以本能的趋光性，要逃离。父亲出于同样的本能，想留住我。提坦族最后的两个勇士，展开对决。最终，父亲疲倦道，你这一走，咱们就是家破人亡。我静静站了会儿，拖箱子离开。

这本书里的许多文章，写于2001到2006年，“外省青年”初进京，初获自由迸发的生命力与灰色现实间的较量，像一个大力士被捆绑，麻绳深深勒进他饱满发达的肌肉中。朋友不明白，我为何这么喜欢“县城”“外省”这样的词语，她是省会的，大概省会和北京的生活，差别没有那么大。但我想，电影《立春》的编剧李樯一定懂。他的剧本写的，也都是“外省青年”；还有一部分写于2012到2013年，结束驿马星大动、东奔西跑的三四年时光后，我回到北京的小房子，生活陡然平静，常常三四天不出门。每次生活大改道，像地壳运动造出高山，我的生活里，会多出一批文章。

两个时期的文字放在一起，自己也觉有意思。我在很年轻的时候活得现实而焦虑，匆忙卖掉梦想，也并没有卖到几个钱。如今，我三十多岁，依然单身，没有赚大钱，没有像样的稳定的工作，但是快乐。现实地活着不会让人幸福，梦想才会。最痛苦时，水木丁对我说，她知道自己无论自何处跌下，都有写作接着。这句话，给予我莫大安慰。

在多年的怨怼、纠结、无法释怀后，前一阵有天，我和父亲闲聊，好像是我抱怨他不环保，辩论一会儿，父亲气急，拔高声音说都怪政府！政府为什么不出政策？——我忽然明白，我和父亲的关系，有点像父亲和政府的关系。诸多埋怨，却又依赖——这种依赖以愤怒的形式来表现。父亲需要有一个政府，这样他就不需要为任何事负责。如果我的行为有错，那是你的失职。

就像我躺在巨人造成的童年阴影里，遇到什么事都推给家人，都是你们的错。你毁掉了我的生活。心理学家武志红谈过许多“受害者”都是勤于抱怨而疏于改变，“为什么宁愿以受害者自居，而不愿意发生真正的改变呢？成为受害者是最容易获得道德正确感的途径。受害者有一个道德的制高点，你伤害了我，所以你应该对我的痛苦负责。以受害者自居还意味着不必对自己的人生负有责任。”

明白这些，我就从“受害者”床垫上下来，并为自己这么久的赖床感到羞愧。

童年时的阴影，我以另一种眼光打量。同代人陆续开始回忆，我看到他们写自己的父母，韩松落的《怒河春醒》、桑格格的《小时候》、闫红的《彼年此时》……我看到相似的狂暴的争吵、令人难堪的吝啬、暴脾气的父亲或者控制欲强的母亲。我并不特别。我们更像一条流水线上的残次品。我大胆地想象，本来要生产什么：生产像我父亲那样的人，像他们父母那样的人。我们的父辈，在外人面前，在政治领域，是人畜无害、温和内敛的。当然，模子是粗糙的，本来也不是为了生产精密的零件而准备。成长中的种种不适，不过是敏感的灵魂，和这简单粗暴模具之间的摩擦。不需要敏感，不需要判断力，自尊心更是毫无必要。我们几乎被那样生产了出来，比如，我擅长忍耐、娴于服从，缺乏主见。直到现在，每次写完稿，我都要极力克服，才能不把它交给朋友修改定夺。一个写作者，应该拥有对作品最终的修改能力。连这个都无法确定，生活的其他领域可想而知。我所有的判断，都是强忍恐惧做出。我不知道我在害怕什么，但我害怕。我们的父辈是较为合格的产品，他们在许多地方展现出惊人的一致。但是，大概是模具不堪重复使用，这里那里有了纰漏，我终于成为这条流水线上的残次品。我，还有我的朋友们，以及许多同龄人。

我的朋友张莉有一篇写毕飞宇《玉秧》的书评，标题是“一场灾难有多长”。我喜欢这个概念，经常偷来用，比如这本书中的《幸存者》。我的父亲只有高小文化，许多当年让我痛苦的细节，比如，总在老师说“没交书本费的站起来”时，弯弯曲曲难堪地站起来；比如父亲的粗暴……只是因为穷、因为精神上的贫瘠、因为他也是挨揍长大的。他不知道有更好的方式。他经历过饿死人的年代，那种灾难一直在他的血液里，以致命的吝啬表现。比如让我长久地站在他身边，等着打麻将的他给我那十几块钱的书本费。我长到和当年揍我的父亲差不多的年纪，开始心疼我的父母。他们又何尝被人好好对待过呢？母亲小的时候饿到去舔别人吃剩的粥碗。那是1960年。她的爷爷饿死了。如今我的母亲，外出住宾馆时，喜欢拿香皂牙刷毛巾回家，虽然家中已有许多，是父亲带回的。这习惯让我痛苦。但我理解。海难中的幸存者，常会在床底囤满食物。

灾难的基因，穿透几代人的血液，世世代代地流传。狂暴的父亲们，制造出一批同样有着狂暴脾气的年轻人。这种狂暴，未必会向外人展露——不，我们一般是很斯文安静的——但火山在心中翻滚，要么撕裂自己，要么炸碎别人。

武志红说，意识到轮回，就可在这一刻斩断。

书中藏了几封情书。那是斩断轮回以前的恋情，充满痛苦。心中的火山终于找到一个出口，一个理直气壮的出口—是的，这种暴戾，往往只针对亲密关系。幼年不能从亲密关系中得到安全感，长大了，也不会建立亲密关系。电话不接，在别人是小事，我会像困兽，在屋里走来走去揪自己头发。争吵、大吼、狂哭，我逼对方也成为提坦巨人和我上阵对决。心理学家说，有的女人会一再遇到殴打自己的男人。或父亲酗酒，女儿也会找个酗酒的丈夫。因为在心理上，这是“我们”熟悉的环境，失败的情感交流，狂暴的气氛，我们下意识回到旧时场景，时光穿越，冀图拯救童年的自己。

因此，我关注当下大规模“留守儿童”现象。和他们比，我的所谓童年阴影又算得了什么？他们被剥夺的更多。我不知道，在没有权威、没有归属感、在没有与父母建立亲密关系的荒漠中长大的孩子，他们的安全感要来自哪里？没有来自父母无条件的爱，他们又怎么知道如何去爱？他们的情绪，是否也在沉默与狂吼的两极之间摆动？他们心中是否也有一座火山，蒸腾着愤怒、冷漠、怨恨？这另一场灾难的波长，会有多长？为什么总是最穷的人、最弱小的孩子来承受灾难，付出代价？

在耶鲁，安·法迪曼的写作课上，刚开始她就在黑板上写下评论家卢克·桑特的一句话："初生牛犊的诗人笔下，若不是翻腾着的湿漉漉的情感，便是写作技巧的空洞炫耀。他们之中但凡小有所成的，一定是在成熟的过程中学会慢慢探出身子，抓住了对面的枝丫。"我写于2006年以前的文字，翻腾的何止是湿漉漉的情感，简直是一条决堤的洪流。但我再也写不出来那样的文字。而我最羡慕的，是1998年，刚开始写作时的状态：什么也不想，凝神握笔，一气呵成。像有人在对我倾诉，而我直接写出来。死亡和恋爱吹动我的头发，启开我的心。

很多年后，艰难地、然而几乎又是一瞬间的，我和父母的关系变好了。也许是因为，我不再投射愤怒在他们身上。或许又因为，衰老……家庭中，每个人的脾气都柔软下来。这个世界不再坚硬如墙。

我还是话不多。无论是亲戚聚会，还是朋友聚会。在薄冰上长大的人，像有种东西被永远抽走，丧失了安全感。无法有对人的全然信任，对别人一定会善意对待自己的全然相信。说话前总要颤颤巍巍伸出脚尖，探一探脚下的冰是否还在。等开口，已过了刚刚的话头。索性沉默。朋友也习惯了我的寡言。

我的一个朋友喜欢作家李娟，说，如果给自己一个阿勒泰那样的故乡，写作会变得多么容易！可我，却并不想用阿勒泰交换我的故乡。文学自挫败而来。每个人有他独特的挫败。我的故乡就是我的文学。挫败是我的起源，我的出身，它幽微曲折的沟回中的痛苦，是我此生的功课。否则，我又该通过何种渠道，如此真切刺骨地理解别人，别人的痛苦，别人的沉默。我的故乡，并不是流淌着牛奶和蜜的福地，我也只不过是流水线上，做坏了的残次品。提坦们还在交战，冰层随时准备破裂，无序和虚无将一涌而出。在冰层破裂之处，无序和虚无上涌之时，被淹没的我能做到的只是匆匆记录这个片刻。这就是文学的骄傲，生而为人的尊严。文学，在你的每一个障碍、每一个心灵的黑暗深处、每一个安全感被抽走的绝望之地、每一个痛苦激烈的狂暴灵魂里。只要你相信，它就在。用它沉默的喉咙，为你唱出最明亮的音乐。

绿妖

2013-06-17

跋II

输在起跑线上

支教结束时，在湖南乡下，看到北京的重点学区房动辄七百万八百万，德国人蒙志合困惑问我：重点学校好在哪里？回到北京，我的一位朋友，在省会城市读书长大的丁丁给了我一个答案。她的家，刚好在高干区和贫民窟的交界。往左走，是高干区，好学区；往右走，贫民窟，坏学区。她家和重点学校只隔一条马路，所以，最初，托托人，上好学区还是很容易的。到初中，家道中落，她转到非重点。好学区里，孩子家长都是医生、高校老师、干部，学生都是好孩子;坏学区里，家长是小商小贩、工人、无业游民。在坏学校里，有女生被强奸，学生被打残。学好很乏味，学坏却极容易。读非重点初中，意味着你很难进入重点高中，而进不了重点高中，也就万难考入一流大学。

这段话里有个东西，鲜明到无法忽略：阶层。一直都有阶层存在。只是曾经，上层阶层犹如天上神仙，小人物是没资格看见的。比如，在一个小县城长大的我，就毫无好学区坏学区的概念，就像我小时候不知还有阶层。我根本不知道，我念过的那些家长都是“小商小贩、工人、无业游民”的初中，原来是毫无希望的坏学校。现在回想，我的七八十位初中同学里，只有四五个考上大学，不包括我。我的学习之路更为迂回，犹如老鼠在黑暗中盲目挖穿一堵堵土墙。

在毫无知觉中，输在了起跑线——实际上，对于九十年代的县城及农村，许多少年压根不知道曾经有过起跑线。我的初中，最流行的是报考中专与技校。上高中，如果上完考不上大学，意味着三年高中白读，这对农村家庭包括“小商小贩、工人、无业游民”们来说，都是无法承受的成本。二十年过去，大学好进了、但出来却越来越难找工作，万一找不到回报率足够的工作，浪费的是三年高中加三四年大学，这个成本对一个农家，像撞沉泰坦尼克号的冰山一样冰冷，巨大，无法克服。起跑线已随处可见，跑一场的成本却越来越高。在我支教的乡下，本地老师并不赞成孩子读高中，整个乡，每年只有十几个学生能升高中。大部分学生，将在初中辍学，外出打工。我教的那些孩子，他们的理想是成为诗人、画家、歌手，但很可能他们也不会有太大例外。初中辍学，外出打工。这八个字几乎是大部分农村孩子的青春总结。他们当中的大多数，在体会到起跑线的珍贵之前，就已经漫不经心地掉队。当大城市的父母为了使孩子赢在起跑线上，购买近千万的学区房时，乡下的孩子，从小就没有了父母的陪伴。回城听朋友说，她儿子平均分95分，在班里才排十几名。而我们支教的学区，成绩单上，大面积的个位数。一些人已经在田径跑道上跑了几十圈，另一群孩子，没有跑道，还光着脚。越来越远，起跑线的一头在地球，另一端则画在被开除太阳系的冥王星上。

我是一个输在起跑线上的人，这本书，写的是输在起跑线上的人生。笨拙的老鼠，靠嘴巴和爪子挖掘，渴望能触到光亮。我，以及那些沉默的年轻人。

绿妖

2014-07-21

图书在版编目(CIP)数据

沉默也会歌唱 / 绿妖著 .
— 桂林：广西师范大学出版社，2015.1（2015.1 重印）

ISBN 978-7-5495-6103-2

Ⅰ. ①沉… Ⅱ. ①绿… Ⅲ. ①随笔－作品集－中国－当代
Ⅳ. ① I267.1

中国版本图书馆CIP数据核字(2014)第273071号

广西师范大学出版社出版发行

桂林市中华路22号邮政编码：541001
网址：www.bbtpress.com

出 版 人　何林夏

全国新华书店经销
发行热线：010-64284815
中煤涿州制图印刷厂北京分厂

开本：880mm×1230mm　1/32
印张：9　　字数：137千字
2015年1月第1版　2015年1月第2次印刷
定价：35.00元